BBC DOCTOR WHO

Engines of War

战争引擎

［英］乔治·曼恩 / 著
宋雅雯 / 译

新 星 出 版 社　NEW STAR PRESS

DOCTOR WHO: Engines of War by George Mann
Copyright © 2014 George Mann
First published as Doctor Who: Engines of War by BBC Books, an imprint of Ebury, Ebury Publishing is part of the Penguin Random House group of companies. Doctor Who is a BBC Wales production for BBC One. Executive producers, Chris Chibnall, Matt Strevens and Sam Hoyle. BBC, DOCTOR WHO and TARDIS (word marks, logos and devices) are trademarks of the British Broadcast Corporation and are used under licence.
This edition arranged with Ebury Publishing
through Big Apple Agency, Inc., Labuan, Malaysia.
Engines of War Chinese edition copyright:
2022 Chengdu Eight Light Minutes Culture Communication Co., Ltd.
All rights reserved.
The Cover is produced by Woodlands Books Ltd.
著作版权合同登记号：01-2020-0059

图书在版编目（CIP）数据

战争引擎 /（英）乔治·曼恩著；宋雅雯译. -- 北京：新星出版社，2022.3
（神秘博士）
ISBN 978-7-5133-4748-8

Ⅰ.①战… Ⅱ.①乔… ②宋… Ⅲ.①幻想小说－英国－现代 Ⅳ.①I561.45
中国版本图书馆CIP数据核字(2021)第277657号

战争引擎

［英］乔治·曼恩 著；宋雅雯 译

责任编辑：杨 猛
监　　制：黄 艳
特约编辑：康丽津 姚 雪
责任印制：李珊珊

出版发行：新星出版社
出 版 人：马汝军
社　　址：北京市西城区车公庄大街丙3号楼 100044
网　　址：www.newstarpress.com
电　　话：010-88310888
传　　真：010-65270449
法律顾问：北京市岳成律师事务所

读者服务：010-88310811　service@newstarpress.com
邮购地址：北京市西城区车公庄大街丙3号楼 100044

印　　刷：北京华联印刷有限公司
开　　本：910mm×1230mm　　1/32
印　　张：8.625
字　　数：162千字
版　　次：2022年3月第一版　　2022年3月第一次印刷
书　　号：ISBN 978-7-5133-4748-8
定　　价：48.00元

版权专有，侵权必究；如有质量问题，请与印刷厂联系更换。

献给我的家人，
你们创造了我的时空。

I

墨多斯

1

三天过去了,她连一个戴立克也没见到,手里的扳机好像都快生锈了,焦虑不安的情绪涌上心头。戴立克到底在谋划些什么?

此刻,她正一动不动地趴在地上,盯着陡坡下方的马路。据传闻,戴立克巡逻队正朝这个方向赶来,但这么长时间过去了,她连戴立克的影子都没见着。

一向准时的巡逻队这次竟然迟到了,一定是发生了什么事。难道它们计划有变,打算放弃这片偏远的废墟?辛德刚适应这里的环境,说不定又得转移阵地。难道其他人类抵抗军把它们干掉了?不可能,通信器一点儿动静也没有。即便真的与戴立克狭路相逢,幸存者也是沦为奴隶的命,甚至会惨遭"消灭"——她更愿意称之为"就地处决"。辛德攥紧手中的武器,心中的怒火滋滋往外冒。

她拨开额前的刘海,甩了甩剪得乱糟糟的红褐色齐肩短发。她之所以叫作"辛德",不仅仅因为头发的颜色,还因为她是在一场大火后的废墟中被人救出来的。[1] 曾经的家宅在一夜之间化为灰烬,她成了戴立克大扫荡后唯一的幸存者。它们不断拥入城市,将幸存的人类像牲口一样圈禁起来。

战争伊始,辛德还只是个丁点儿大的孩子。她曾和其他人一起目睹炽热的火光照亮墨多斯的上空,一颗颗燃烧的星球呈螺旋状旋转。虽然年纪尚小,但她知道火光对人类来说意味着什么:戴族已至,希望尽失。

不久之后,墨多斯沦陷,辛德再也回不到原来的生活了。

她的家人在戴立克的入侵中丧命。他们本想躲进掩体,却在顷刻间被戴立克巡逻队烧成了灰烬。辛德藏在倒扣的金属垃圾桶里,侥幸逃过一劫。她透过锈迹斑驳的小孔窥视外边的屠杀,害怕得连大气都不敢喘。后来,她花了将近一年的时间才敢重新开口说话。

几天后,一群人类抵抗军救走了在废墟上四处游荡的辛德。当时,她已经神志不清,精神受创。不过,人类抵抗军并非出于善意伸出援手,而是需要像她这样的孩子在狭小的空间内穿梭,给戴立克铺设陷阱。从那之后,辛德开始了长达十四年的训练:学习搏斗和野外生存。怒火在她心中疯狂滋长,愤怒和复仇的渴望成为她日后行事的唯一动力。

---

1. 原文"Cinder"有"余烬"的意思。

食不果腹的日子在她身上留下了不少印记——身材瘦削，肌肉紧绷，苍白的脸上总是挂着污痕。每当面向破碎的镜子或玻璃板时，她总能见到一双深褐色的眸子回望着自己，眼中充满痛苦和遗憾。

这就是她现在的生活：靠拾荒充饥，并伺机猎杀戴立克。与此同时，在遥远的星系外，时间领主与戴立克的战争从未止息，撕裂了一切时空。

表面上看，这场战争持续了四百余年，但真实情况与之相差十万八千里。随着战区不断深入，战火蔓延到了宇宙的各个角落，永远无法熄灭。再也没有安定和平的年代，再也没有未被改写的历史。

对大多数人来说，这场战争叫作"时间大战"，但对辛德而言，它的含义无异于"地狱"二字。

她将身体重心换到另一侧手肘，目不转睛地盯着开裂的沥青马路，耐心地等待着。她有预感，戴立克马上就会过来了。今天早些时候，她摧毁了戴立克的一台发射器，巡逻队想必就是前来调查的。戴立克的心思可真好猜。

辛德的视线扫过马路对面那排残破的建筑，努力搜寻芬奇的身影。这次轮到他去吸引戴立克的火力，创造机会让她从后方偷袭。搜寻一无所获，看来他藏得很隐蔽，辛德松了口气。要是芬奇有个三长两短，她绝对不会原谅自己。他是少数几个真心待她好的人之一，说是朋友也不为过。

拜戴立克的死亡射线和人类的燃烧弹所赐，紧邻马路两侧的建筑墙体焦黑一片，残破不堪。当初，人类抵抗军想用燃烧弹困住戴立克，却败给了对方压倒性的数量优势和毫不退缩的意志。不消几天，冷酷无情的戴立克就将整颗星球变成了一片焦土。

在辛德残存的记忆中，战争爆发前的墨多斯拥有熠熠生辉的尖顶、星罗棋布的城市、葱郁繁茂的森林，还有"船"流不息的天空。在坦塔罗斯螺旋星系中，人类文明达到了巅峰，无数殖民世界围绕在巨大鬼魅的结构——坦塔罗斯诡眼——四周。那只"眼睛"不怀好意地俯视着下方发生的一切。辛德心想，在过去数十年里，坦塔罗斯诡眼定然见证了不少可怕之事。曾经的墨多斯瑰丽壮观，现如今却如同暮气沉沉的老人一般，可悲地残留着最后一丝生气。

下方马路上传来了响动。辛德伏低身体，向上爬了几步，想越过陡坡的边沿看得更清楚，丝毫不在意背包肩带死死勒着她的肩膀。

终于，敌人如预料的那样姗姗来迟。她心跳加速，眯起眼睛默默清点它们的数量，最终辨认出了五个身影。当它们步步靠近后，辛德心里一沉，想法也随之改变。

来者中仅有一个是戴立克。它徘徊在队尾，像放牧一样驱赶着队伍。古铜色的外壳反射着夕阳的余晖，来回摆动的眼柄监视着前方的道路。

余下的皆是卡里德人的变种,与戴立克算是同宗[1],因时间领主的干预而扭曲成了丑陋的新形态——斯卡罗堕落者。当年,时间领主想操纵卡里德人的进化,从源头阻止戴立克的诞生,但以失败告终。无论现实怎样发展,无论有多少可能性,戴立克还是势不可当地诞生了,仿佛是上天注定的。辛德想不通宇宙为何如此偏爱它们。

由于斯卡罗堕落者形态多变、捉摸不定,辛德将它们的危险系数定得比戴立克还高。如今,这群高危物种竟然被派到了墨多斯。

她架稳武器,竭力遏制住想要逃跑的冲动。现在就算要跑也来不及了,因为她面对的是一群不死不休的敌人。辛德手里的能量枪是从戴立克的外壳上扯下来的,她暗自祈祷这些变种没有配备自己从未交过手的武器。

随着巡逻队逐渐靠近,辛德终于看清了每一个成员,其中两个她曾见过多次:戴立克圆顶的下方吊着强化玻璃罩,里面装有人形躯干;玻璃罩两侧和后方各伸出一条黑色金属手臂,搭载着拉长的面板,上面布满了半球形传感器;每一侧的狭窄支架上都装有武器。玻璃罩内的躯干不安地扭动着,驱使自身在半空中滑

---

1. 戴立克起源于斯卡罗星球,其祖先是卡里德人。

翔起来，身后还留下一缕蓝光。芬奇曾戏称它们为"滑翔仔"。

剩下两个成员辛德则是头一次见到，其中一个的外壳近似卵形，架在三条蜘蛛腿般的下肢上，疾跑的样子酷似巨大可怖的昆虫；墨黑色的半球形传感器镶嵌在深红色的外壳上，眼柄无比巨大，四支枪杆竖在身前。最后一个变种形似普通戴立克，但配备枪杆和吸盘臂的肩部组件被旋转枪架所替代，上面装着一门单发能量炮。

辛德下意识地咽了咽口水，无奈嘴巴太干了。能量炮一旦开火，后果将不堪设想，芬奇绝无可能全身而退。第一个要解决的目标就是它了。

建筑废墟里传来一阵声响，辛德匆忙一瞥便知道，芬奇已经蓄势待发。他在掩体间来回穿梭，引起了戴立克的注意。它的眼柄迅速开始追踪芬奇的方位。

"站住！出来！立刻投降可免你不被消灭！"戴立克尖锐粗粝的声音回荡在空旷的马路上，激得辛德后背直冒冷汗。她全神贯注地盯着废墟，以预判芬奇的走位。毕竟，芬奇才不可能听信戴立克的鬼话呢。即便他真的获得一条生路，也只会沦为魔鬼的奴隶，那样更是生不如死。

出现了！芬奇在一片焦土中再次行动起来。戴立克迅速转身，连开三枪，刺耳的嗖嗖声震耳欲聋。随着一道道白光闪过，摇摇欲坠的危墙顷刻坍塌，砸在了芬奇片刻前的藏身之处。在凝滞的空气中，浓烟打着旋儿缓缓上升。

"搜索！定位！消灭！"戴立克下令道，"找到那名人类！消灭！"

"我们服从！"余下的变种用颤抖的声音一齐回应道。两个滑翔仔迅速升至空中，另外两个则散开搜索起来。

这是一次绝佳的机会。辛德单膝跪地，扛起武器，将准星瞄准配有能量炮的变种。她做了一个深呼吸，然后扣动扳机。威力巨大的冲击波差点让身体摇晃起来，但她还是努力稳住了。空气中弥漫着一股烧焦的味道。

辛德一击即中，在古铜色的外壳上留下一道黑色的划痕，引爆了其中一个辐射阀。然而，这一枪未能如预想的那样杀死变种。她最不愿意听到的声音在耳边响起——

"遭受攻击！"变种怒吼道，转身扫视着陡坡上方，"发现持有戴立克中子能量枪的人类女性。消灭！消灭！"

辛德慌了神，低头看向手中的枪，心中不禁纳闷儿：怎么会这样？在此之前，她从没见过哪个戴立克可以从能量枪下生还。难道这类变种加固了外壳？不管怎么说，刚才那一枪已经彻底暴露了自己。

擒贼先擒王，辛德决定立刻采取下一步行动。她举起枪转过身，瞄准正要朝自己射击的戴立克，再次扣动扳机，正中戴立克的眼柄下方。只听见砰的一声，外壳应声炸裂，多处传感器损毁，里面的生物也随之死亡。火舌舔舐着破碎的外壳，绿色的肉体冒着泡淌了出来，发出怪诞的嘶嘶声。

辛德还没来得及拍手叫好，就见蛛形变种又发动了攻击。四支枪朝着陡坡连续发射密集的炮火，掀起一片泥土。她迅速躺倒，奋力滚到陡坡背后，但已经太迟了——炮火轰散了泥土，陡坡的边沿瞬间塌陷。

辛德惊叫出声，只觉天旋地转，头朝下冲向了变种。此刻她唯一能做的，就是握紧手中的枪。

2

蓝盒子轻巧地飞出时间旋涡，出现在墨多斯的上空。来自地球的古老文物穿越时空，在坦塔罗斯螺旋星系的边缘现身——这幅景象乍一看有些怪异。在寂静如斯的太空中，塔迪斯凭空现出形来，顶灯不断闪烁。若是声音可以在真空中传播，你必然会听到一阵呼哧呼哧的喘息声。

不过，塔迪斯一出现就被盯上了。数千块控制面板同时弹出警报，戴立克碟形战舰立即响应，呈战斗队列飞入了虚空。飞船外壳忽明忽暗的灯光表明，它们已经准备就绪。

此刻，那位重生多次却从未更名的时间领主——博士——正站在塔迪斯里。他转动旋钮，背着手后退两步，然后等待了一会儿。主控室墙面的圆盘装饰发出微弱的荧光，照映出他轮廓分明的脸庞。博士面容苍老，因战争而变得疲惫不堪、无比憔悴。

中央玻璃柱在轻柔的呼哧声中上下起伏，仿佛拥有生命似的。博士感到一丝安慰，觉得自己并非孤军作战。他长吁一口气，越过半透明的天花板看向超凡缥缈的坦塔罗斯诡眼。

诡眼其实是时空中一条巨大的畸形褶皱,原本不可能存在也不应该存在。没人知道它的出现究竟是源于自然造化,还是人为操纵。博士只知道在时间领主诞生之前,它就在那儿了。很早以前,伟大的工程师奥米加[1]曾记录过有关诡眼的秘密,然而,至今无人揭开。

从螺旋星系的边缘远远望去,诡眼看起来像是一颗巨大的气态星体,众多殖民星球呈螺旋状环绕在其四周。垂死的巨行星和新生的恒星在死亡与重生中无尽循环。天体受困于诡眼的事件视界[2],无力摆脱混乱的时序模式。

在博士的眼中,这幅景象担得起"驰魂夺魄"四个字。重生成战争博士之前,他的化身——尤其是生性浪漫的第四任及第八任博士——常常来到这里。往日的美好不可追忆,如今只剩下战争。时间大战已将他重塑成了一名战士。

同博士一样,坦塔罗斯螺旋星系的命运也被战争改变了。昔日的和平之地遭到侵占,沦为了戴立克的战区之一。它们把这里变成补给站,以便无休止地向时间领主征战,从而让自己的族群获得永生。

这便是博士此行的目的:既然戴立克集结在此,那就得摸清

---

[1]. 在《神秘博士》剧集的设定中,奥米加是迦里弗莱人的时空旅行之父,同时也是拉瑟隆的恒星能工程师。
[2]. 事件视界(event horizon),是一种时空的曲隔界线。

它们屯集的兵力。于是，他想到了一个简单有效的法子。

"来啊！"他低吼道，"来抓我啊！"

在塔迪斯上方，碟形战舰开始会聚在一起。尽管位于戴立克武器的射程之外，但博士知道，万弹齐发的场面随时可能上演。他抬步向前握住操纵杆，喃喃自语道："再等等，还没到时候……"博士轻拨开关，打开通信频道，嘈杂的呼喊声立刻传了出来。尽管难以听清，但他知道戴立克喊的是"消灭！消灭！"。直到今天，它们的声音依旧令博士头皮发麻。

敌人逐渐逼近，但博士尚未行动。

先锋战舰从塔迪斯的上方飞驰而来，进入了射程之内。

"就是现在！"博士嘶吼道，一手推动操纵杆，一手紧紧抓住控制台边沿，力气大得连指关节都失去了血色。

塔迪斯猛地向上冲去，直直地撞进毫无防备的戴立克战舰，以极快的速度撕开半球形的底部，再从顶部冲出，随后沿轴心旋转着飞离。

飞船的外壳裂成破洞，里面的电路爆裂开来，嘶嘶作响。接着，飞船向一侧倾斜，开始失控地旋转，冲向了来不及避让的第二艘战舰。能量束不分敌我地向四周扫射，击飞了旁边的又一艘战舰。

博士从显示屏上看到战舰相继燃烧起来，受伤的戴立克一动不动地飘向虚空。

"干得漂亮，老姑娘。"博士说着，操纵塔迪斯躲开能量束的攻击。戴立克碟形战舰开始反扑，好似群鸟一般俯冲着跟在后面，密集的炮火朝塔迪斯飞了过来。"很好，跟我来……"

博士像特技飞行员一样驾驶着塔迪斯忽上忽下，忽左忽右，在虚空中穿梭躲避，引得戴立克穷追不舍，却又始终领先它们一步。在联合情报特派组[1]工作时，他特意和准将一起观看过特技飞行表演。

与此同时，那只可怕的诡眼一直冷漠地注视着这一切。

"是时候了……"博士咧嘴一笑，停止了飞行。这时，数百台战斗型塔迪斯从戴立克舰队后方的时间旋涡中现身。"这回你们可跑不掉了！"他得意地拉下操纵杆，下调塔迪斯的飞行高度，躲过迎面而来的戴立克舰队，与同伴们会合。

战斗型塔迪斯的武器由其外壳转化而来，可以变形成防护罩或预设范围内任意数量的枪炮。塔迪斯分散开来，从各个方向发动攻击。戴立克舰队仓皇折返，却发现自己早已被时间领主团团包围。

一大批时间鱼雷向飞船袭来，精准地冻结目标，让它们陷入时间停滞状态。紧接着，时间领主发动爆炸攻击，将戴立克战舰变成了无声燃烧的火球。

---

1. 曾在《神秘博士》剧集中出现的地球军事小组，负责处理世界上一切离奇、未解之案。

不过，戴立克并没有退缩，而是设法开始第一轮反击。就在博士的塔迪斯撞穿另一艘飞船的外壳，让其跌落到下方的星球时，戴立克的能量束击中了数台战斗型塔迪斯。

奄奄一息的时光机在博士面前"绽放"——内部维度不断变化，像鲜艳的花朵一样层层展开——最终燃烧起来。博士的手指在控制台上飞速移动，及时躲开了戴立克的第二轮反击。

"快进入时间旋涡！"他朝通信器里喊道。时间领主听命，驾驶塔迪斯骤然消失，又在两秒钟后现身，成功避开了戴立克的攻击。所有能量束无声无息地消散在太空中。

与此同时，塔迪斯还趁机引爆了无数艘戴立克战舰。戴立克一边重复着"撤退！撤退！"，一边重组队形，用同伴的遗骸打掩护，朝坦塔罗斯诡眼飞去。此起彼伏的咆哮声逐渐减弱，但仍清晰可闻。

"博士，我们已锁定敌方撤退队伍！"通信器里传来一个女声，听上去无比欢欣。

"跟上它们，乘胜追击！"博士回复道。

此刻，时间领主的数量已是戴立克的两倍。为了发挥优势，他们乘胜追击，采取上下夹击的战术，将逃窜的戴立克围在了中间。

时间鱼雷再一次不负众望，拖慢了戴立克撤退的步伐。几秒钟之后，坦塔罗斯诡眼的上空就飘满了戴立克的残骸。

"干得漂亮，博士！它们被打得落花流水！"女声再次从通信器里传出，不难听出其中的喜悦之情。这是普莱达的声音，她是时间领主第五战队的指挥官。

"别高兴得太早，普莱达。"博士严肃地说，"我总觉得事情没那么简单，说不定诡眼附近还埋伏着大量戴立克。"

"那就放马过来吧！"普莱达说完，中断了通信器。全体战斗型塔迪斯排成A字阵列，飞向了坦塔罗斯诡眼。博士跟在阵列末尾，小心翼翼地盯着显示屏。

在毫无征兆的情况下，埋伏出现了。没有拉响警报，也没有发现异样，时间领主就这样踏进了对方的陷阱。前一秒，一切风平浪静；后一秒，戴立克隐形战舰瞬间冲了出来。

博士碰见隐形战舰的次数屈指可数。这是一种令人讨厌的新型飞船，纯黑色的卵形外壳线条流畅，虽然没有戴立克战舰特有的闪烁灯光，但杀伤力惊人。据说，隐形战舰像蛛网中心的蜘蛛一样稳坐在时间旋涡之中，只有当途经的塔迪斯引发震动时才会现身，优雅却致命地擒住毫无防备的时间领主。

一切都晚了。

博士后知后觉地意识到，普莱达的舰队已经落入了网中。塔迪斯还没来得及消失，就如同罐头一般被戴立克的武器砸开，内里全被挑了出来，飘在空洞冷寂的太空中。

博士一拳砸在控制台上，怒吼着操纵塔迪斯逃生。爆炸的冲击波掠过塔迪斯的右侧,使得飞船剧烈地旋转起来。船体突然震颤,连稳定器都无法维持平衡,博士从控制台上跌落,狠狠地摔在了地上。

失控的塔迪斯一头冲向了下方的星球。

3

翻腾的塔迪斯如同陨石一般扎进大气层,尾部拖着一股浓浓的黑烟。在塔迪斯里面,博士攥紧了环绕控制台的栏杆。伴随着引擎尖锐的嘶鸣,飞船正竭力恢复平衡,却抵挡不住急剧倾斜的角度和风驰电掣般的下落速度。半透明的天花板仍然投射着外部的景象,呈现出一片混乱扭曲的画面:残破的紫色天空、满目疮痍的大地,以及愤怒地舔舐着塔迪斯外壳的火舌。

博士用尽全力攀住栏杆,接着松开手,顺势栽向了控制台。为了防止冲劲过猛摔到地上,他迅速抓住一根线缆稳住自己。不料,线缆的另一端突然脱落,他在惊愕间被狠狠地甩了出去,另一条手臂在空中胡乱摸索,仿佛一架风车。塔迪斯再次倾斜,他一把抓住了附近的操纵杆。

博士费了好大的劲儿才在颠簸的主控室内站稳脚跟。"好吧,成败在此一举。"说话间,他松开脱落的线缆,在控制台上连续按下好几个按钮。塔迪斯的引擎发出尖叫以示抗议,半透明的天花板投射出的画面逐渐消失,片刻后,打着转的时间旋涡显现出来。

正当博士准备长吁一口气时,头顶的画面好似断网一般卡住了。先前支离破碎的荒寂世界重新出现,天空转瞬即逝,大地扑面而来,准备好迎接塔迪斯的坠落。博士使劲拍打控制台,却没有得到任何回应,就连往常缓慢起伏的中央玻璃柱也罢工了。塔迪斯好像早有预感,提前关闭了维生系统。

"抱歉,老姑娘。"博士握紧操纵杆,"这次咱们可能得'硬'着陆了……"

辛德满嘴是土,左脸火辣辣地疼,身上至少断了一根肋骨。她不记得自己身处何处,或者忙于何事。困意席卷而来,她情愿沉溺在惬意的黑暗中。她想睡觉,这样才能——

"搜索另一名人类!"

辛德被粗粝的嗓音惊醒,顿时想起几秒钟之前发生的事情。她一动不动地趴在地上,心想,它们会不会以为自己已经死了?

疏松的泥土盖住她的下半身,重量全都压在了腿上。谢天谢地,至少腿还有知觉,一定是泥土起到了缓冲作用。她小心翼翼地动了动双腿,堆在上面的泥土簌簌落下。看来她被埋得不算太深,不至于动弹不得。

她攥紧手里的能量枪,感受着冰凉丝滑的枪身抵住掌心的触感,耳边传来了能量的嗡鸣声。此刻,辛德拥有发动奇袭的机会，因为变种不会料到她将再次射击，况且，直到现在它们还没抓住芬奇。

"辛德！"芬奇焦急地喊道，声音回荡在废墟上。辛德懊恼得几乎要大叫起来。他想干什么？这不等于把位置直接暴露给敌人了吗？

看来，芬奇想让她提前行动。

她深吸一口气，爬出土堆，抖落身上的泥土。现在已经来不及观察变种的行动了，她果断锁定背对自己飞行的变种，向它连射两枪。接着，她转身瞄准视野中的另一个滑翔仔，又开了两枪。

滑翔仔一个接一个地爆炸，巨大的火球向大地洒下炽热的火花。辛德压低身体，滚到烧焦的戴立克外壳后面寻求掩护。她还要继续解决另外两个变种，但胜算似乎不大。

"辛德！"

她挣扎着站起来，看见一个高大的身影冲出废墟，向马路跑去。芬奇穿着一身脏兮兮的黑色工装，手里举着老式机关枪，边跑边射击。子弹无力地打在变种的外壳上，发出砰砰的声响。原来，他是想为辛德争取时间，让她找到掩体。

"辛德，快去安全区！快点！"他朝变种一顿扫射，然后转身就跑。

"诛灭！"配有能量炮的变种转动炮口，追踪着芬奇的动向。一道诡异的红色光束从能量炮中射出，击中了他的背部。

辛德大声喊道："芬奇！不要！"

光束瞬间包裹住他的身体，好像在找寻进入其中的方法。芬奇停下脚步，痛苦地扭动着，竭力挣脱死亡的怀抱，却徒劳无功。他张嘴尖叫，光束趁机顺着气管涌入身体。他的双手紧紧抓住喉咙，急促地喘息着。

一条生命在辛德面前解体，泪水刺痛了她的双眼。芬奇体内的光束仿佛在向外扩张，从内而外溶解整个身体。眨眼间，他就消失得无影无踪，只留下一缕微弱的光。

辛德蹲在烧焦的戴立克外壳后面，心头涌出一股怪异的感觉。她知道自己刚刚目睹了一幅可怕的画面——某个人被变种杀死了——但不知为何，她什么也想不起来。死去的那个人很可能是自己的熟人，但她记不起来是谁了。模糊的回忆从脑海中一闪而过，令她困惑不已。话说回来，这场伏击似乎是她一手造成的。

她感到内心空荡荡的，仿佛刚刚有一股强烈的悲伤萦绕在心头，可现实情况不容她细想，因为另外两个变种正朝这边走来。

辛德向身后瞥了一眼，努力寻找能够躲藏的地方。待在空旷地带的胜算太低，烧焦的外壳也抵挡不了多久，马路对面的废墟是她唯一的选择。

就在此时，一阵尖锐的呼啸声从她头顶传来。辛德抬起头，霎时惊得目瞪口呆：一个巨大的蓝盒子正从天而降，窗户里透出微光，顶灯忽明忽暗。它极速下坠，边沿发出炽热的白光，尾部拖着一道长长的黑烟。这个奇怪的东西明显失控了，随时都会坠毁。

"躲避！躲避！"蛛形变种转身奔向废墟，蜘蛛腿似的下肢插进破碎的大地，以增强抓地力。

辛德来不及躲闪，只好蜷缩在地，把脸埋进臂弯。呼啸声越来越大，蓝盒子马上就要坠落了。

伴随着响亮的撞击声，蓝盒子掀起的尘土全都盖在了辛德身上，烧焦的戴立克外壳也飞到了半空中。蓝盒子从陡坡弹回来，一头栽向马路。它一路猛冲，木质外壳和沥青马路互相摩擦，发出刺耳的噪音。最后，一堵残破的砖墙终于挡住了它的去路。

在短短二十四小时之内，辛德第二次被埋在泥土之下。她躺在地上，艰难地喘着粗气，接着深吸一口气，睁开了双眼。她首先反应过来自己竟然还活着，然后注意到在混乱过后，四周显得格外安静。她听到沥青熔化时发出的滋滋声，想不通木质的蓝盒子为什么毫发无伤，甚至经受住了大气层的蹂躏。

辛德站起来，掸了掸衣服上的尘土和残骸碎片，开始大口大口地呼吸新鲜空气。伴着嗡嗡的耳鸣，她摇摇晃晃地向前走了几步，又因为眩晕不得不停下脚步。

首先，她得理清现在的状况。

现场一片狼藉，陡坡一侧被撞出了大坑，马路被铲起如同一间房子那么大面积的地皮。三米开外，烧焦的戴立克外壳随着余波微微震颤。

倾倒的蓝盒子升起股股浓烟，窗户里依旧透出微光，但顶灯已经熄灭了——辛德猜测那是某种遇险信号或者归航装置。蓝盒子的舱门敞开着，但不足以让她看清里面的状况。在它旁边，配有能量炮的变种的上半身不知所踪。也许变种过于笨重，还没来得及逃跑就被蓝盒子"腰斩"了。不过，另一个矮胖的蛛形变种却不见了踪影。

不管怎么说，蓝盒子误打误撞地救了辛德一命。她蹑手蹑脚地走上前去，仔细打量起来，却只能看见浓密的尘烟和一丝亮光。她本想喊一嗓子，看看里面的人是死是活，但又担心把敌人引来。另外，她无法确定里面的东西究竟是人是鬼。好吧，再靠近一点，只看上一眼……

在蓝盒子里，一个男人的咳嗽声骤然响起，吓得辛德当场僵住。看来，里面的人还活着！

辛德赶紧环顾四周，寻找自己的能量枪。看见枪杆一头从身旁的土堆里伸出来，她飞快地用手挖开，指甲缝里都是厚厚的泥土。她用力把枪拽出来，拍掉上面的泥土，仔细地检查起来。

指示灯变成了暗红色，表明刚才的撞击释放了枪里的能量。辛德低声咒骂了一句。不过不要紧，只要蓝盒子里的人没有识破，她的枪就仍然具有威慑力。

她挥舞着枪慢慢靠近蓝盒子，提防着任何可能对自己不利的突发情况。它看起来不太大，难道是一艘逃生舱吗？从坠落的方式来看，它很可能是从轨道上的飞船中弹出来的。蓝盒子边沿仍在发光，外壳上有一道焦黑的痕迹，看上去像是能量束留下来的。它是被戴立克战舰击落的吗？逃生舱里会不会还有其他幸存的人类？上面写的"警亭"又是什么意思？所有的线索都无法给出合理的解释。

又一声咳嗽传来，这次更响亮了。辛德察觉到里面的动静，立刻停下了脚步。她刚瞄准蓝盒子，就看到一个人从敞开的舱门里冒了出来。他大喝一声，将双臂架在蓝盒子两侧，缓慢地撑起身体，好让上半身探出来。

那是一位上了年纪的老人，轮廓清晰的脸上挂着忧心忡忡的表情，一双绿棕色的眼睛闪闪发光。他有一头银白色的短发，额前留了一小簇，唇周和下巴都长着浓密的白胡子。他身上好像穿的是一件破旧的皮夹克，脖子上系着一条"人"字形花纹的围巾。老人皱着眉看向她，一脸困惑。辛德怒目而视，一时不知该做何反应。

"什么意思？"他问道，好像在等辛德回话似的。

"什么什么意思？"辛德说着，扬了扬手中的枪，确保对方能够看到。

老人挑了挑眉，对她无礼傲慢的态度感到惊讶，"你把枪对着我是什么意思？"

"这个嘛……"辛德纠结地思考起来，"因为你刚从天上掉下来啊！"

"这话倒是不假。"老人同意道，"但我得说，我掉落的时机堪称完美。"

"胡说八道！"辛德没能控制住内心的烦躁。

老人接着说："看看你自己，显然急需我的帮助。"

他的话激起了辛德的愤怒。"哦，是吗？"她朝眼前这个自大的老人摇了摇头，"我急需你的帮助？"

"没错。"他回答道。

"何以见得？"辛德逐渐对这位不速之客和他的荒唐行径失去了耐心。

老人做了一个莫名其妙的动作，鉴于他的双臂架在蓝盒子两侧，辛德猜测他可能是耸了耸肩。仔细想想，他撑起上半身的姿势的确有些奇怪，毕竟，蓝盒子看起来并不大。

老人叹了口气，"你要是不想被消灭，最好就跳进来。"

"什么？"她说，"你想让我跟你一起待在里面？"辛德的脸上就差写着"下辈子吧，先生！"这句话了。

"我没有强求，但你若不是蠢货就照我说的做！"老人命令道。

辛德竭力克制住扣动扳机的冲动,差点考虑用没什么电的能量枪送他早登极乐。"算了,你自己折腾去吧。"她说完转身就走。

"快进来!"老人吼道,一反刚才不紧不慢的语气,明显透露出紧迫感。

"消灭!"

辛德扭过头,发现蛛形变种正从右后方的废墟里走出来,立刻大声地咒骂了一句。她刚才把注意力全放在跟老人争论上,根本没有留心周围的动静。她掉转枪口,瞄准变种扣下扳机,枪里的能量一丝不剩,什么反应也没有。

现在,留给她的选择不多了:要么站在原地跟变种决一死战,把枪当成木棍来用;要么马上逃跑,把后背暴露给敌人;要么跳进蓝盒子,跟从天而降的老人待在一起。

"真是才出虎穴,又入龙潭啊!"她喃喃自语道。蛛形变种推倒了一堵残破的砖墙,她赶紧后退几步,助跑起跳,在空中蜷缩身体,准备以蹲姿落进不太大的蓝盒子里。

"我来了!"她大声喊道,想提醒老人躲开,以免待会儿砸到他。

辛德背部着地,狠狠地摔在了金属地板上。她不受控制地朝左边翻滚,用一只手稳住身体,另一只手则把能量枪牢牢抱在胸前。直到她的脸贴上冰冷的金属地板,翻滚的动作才停了下来。

引擎发出轻柔的嗡嗡声,带动地板跟着震颤起来。

她感觉好像哪里有点不对劲。

她睁开眼,以为自己会看到一个狭小拥挤的空间,但映入眼帘的却是一个巨大的房间,跟她的想象有着天壤之别。她坐起来,攥紧了胸前的枪。墙面的圆盘装饰发出微弱的荧光,看起来像是嵌进去的照明灯。在她的头顶上方,粗糙的柱子支撑着天花板。

房间中央有一座类似驾驶台的圆形高台,上面安装着用废旧零件拼凑起来的组件,其中一些明显能看出修补过的痕迹。天花板上,一大团电缆像鸟窝一样缠绕在一起,有一端垂了下来。

整个房间呈现出一幅杂乱无章的景象,像是有人对房间修补成瘾或者永远找不到匹配的组件。想必这里就是主控室了。辛德一度怀疑自己跳进去的时候撞昏了头,是在另一艘飞船上苏醒过来的。无论怎么努力说服自己,她始终无法相信眼前的一切。

此时,老人站在控制台旁边,不断调整显示屏上的画面。虽然只看到了背影,但辛德确定就是那个人,因为他穿着同样的皮夹克,留着同样的银白色短发。

她瞥了一眼身后,惊讶地发现自己背对着一道舱门。她研究了半天,打量着开口的大小和形状。思忖良久后,她觉得应该就是刚才跳进来的那道门,但方向却发生了变化。

"这里……"她连话都说不利索了。

老人停下手头的工作,看向她说:"没错,里面比外面大。不如我们先跳过这个话题,好吗?"

"蓝盒子明明是侧翻的,可里面却摆正了。"辛德惊讶地说。

"呃,没想到你会提到这一点。"老人说,"是的,你说得没错,内部维度稳定器能防止你……呃……摔倒。"他低下头看着她,开玩笑似的扬了扬眉毛,"里面和外面的方向可以不同。"他比画起来,仿佛这只是某种戏法。

辛德继续感叹道:"当然,里面确实比外面大。"

老人笑道:"这才是我期待的回答。"

"难道说……"辛德顿时露出不快的神色,"这是塔迪斯?"

"是的。"老人将注意力转向控制台,开始检查屏幕上的读数。他不停地敲击控制面板,似乎想启动什么设备。

辛德的目光越过他的肩膀,想知道他到底在看什么。可是,她只看到一些从未见过的图案在屏幕上毫无规律地移动。

"该死!"老人突然大喊一声,似乎读到了什么信息。

辛德吓了一跳,手指摩挲着扳机。"如果这是塔迪斯,"她说,"那你一定是——"

"时间领主。"老人打断她的话,"是的,你猜对了。真厉害。"他带着居高临下的语气说道。

辛德深吸一口气，将身体的重心向后移，双脚也开始往后挪动。接着，她举起手里的枪对准面前的时间领主。就在此时，变种开始撞击塔迪斯的舱门，似乎想要破门而入。有那么一瞬间，辛德甚至觉得跟外面的变种待在一起可能反而更安全。

她用颤抖的声音问道："你想把我怎么样？"

时间领主叹了口气，"尽快把你送到安全的地方，好让我清静一会儿。"他瞟了她一眼，似乎在观察后者的反应。

辛德挥了挥手里的武器，"给我一个不杀你的理由。"他一定不知道枪里的能量已经耗尽了。

"或许是因为我救了你的命，"老人理智地说，"又或许是因为你看起来不像杀人犯，而且能量枪已经用不了了。"他说完，拨了拨控制台上的开关。

"你救了我的命？！"她怒气冲冲地说，"你和你……塔迪斯差点把我砸死！"他一定是看见自己朝变种开枪了，不然怎么可能知道枪的秘密？她沮丧地咒骂了几句。没关系，就算他图谋不轨也未必能赢，毕竟，她的年龄优势摆在这儿。

"哦，我明白了。对你来说，从戴立克巡逻队的手里逃脱是再简单不过的事情了？"

辛德对他居高临下的语气不以为意，毕竟，他自己的飞船都撞毁了。"它们不是普通的戴立克，"她反驳道，"都是变种。"

老人耸了耸肩,"戴立克就是戴立克,这无关乎它们的形态、时期或来源。"

"那时间领主呢?"辛德讥讽地问。

"很遗憾,我认为他们也是如此。"他回答道。

"可你不也是时间领主?"她挥动了几下手里的枪,以确保他没有忘记这玩意儿。

可他连看都没看,只是从外套里掏出一个辛德从没见过的东西。那是一根细长的金属圆柱体,其中一端亮着光,还会发出恼人的嗡嗡声。

"我是。"他一个字都不愿多说,似乎没什么耐心。他把金属物件举到耳边,按下按钮,专注地听了一会儿。然后,他皱起眉头,好像对它很失望,不断地在手心里拍打着。

"你的兜帽和长袍呢?"辛德说,"你看起来可不像一位时间领主。"

"凡事总有例外。"老人答道。他再次把金属物件贴近耳朵,终于露出了满意的表情。随后,他把金属物件塞进弹药带的皮圈,掸了掸手上的灰尘。

"那是什么东西?你的武器吗?"辛德问。

他不耐烦地看了她一眼,"不,这是音速起子。不如你先把枪放下?你吓到我的老姑娘了。"他深情地拍了拍塔迪斯的控制台,"说实话,你也吓到我了。"

辛德没有理会他的揶揄，讥讽道："难道不是你驾驶塔迪斯坠毁更吓人吗？"她放低枪口，但仍将枪杆紧紧攥在手中。

时间领主见状，说道："你看，这样不就好多了？"

辛德气恼地叹了口气，"你来墨多斯到底想做什么？"

"哦，原来这颗可怕的星球叫作'墨多斯'。"他反复念叨着名字，不甚满意地摇了摇头，"别光问我，你刚才又在做什么？"

"我在伏击戴立克巡逻队。"

时间领主流露出不屑的神色，"你在伏击戴立克巡逻队？"他说，"就凭你和你的朋友，还有一杆顺来的戴立克能量枪？真让我大开眼界。"他的语气突然有些难过，"抱歉，我没能救下他。"

辛德露出困惑的表情，"什么朋友？这里只有我一个人啊。"

时间领主蹙眉，"塔迪斯探测到了两个人类的生命迹象，其中一个在戴立克释放强烈的能量后消失了。我还以为你们是一起行动的。"

那股莫名其妙的感觉再一次涌上辛德的心头，好像她忘记了一件十分重要的事情。"我……"她犹豫了一下，"我们不是一起的。"

时间领主点了点头，但仍抱有疑虑，"好吧，你先自己待一会儿,不必拘束。"他绕着控制台走了一圈,调试着各种开关,"我试试能不能让塔迪斯重新飞起来。"他拉动操纵杆,中央玻璃柱即刻发出明亮的白光。可没过多久,白光黯淡下去,地板下方传来一阵令人不安的呻吟声。

"该死!"他愤怒地一拳砸在控制台上,"塔迪斯受损太严重了,修复要花很长时间,我们暂时无法离开这颗星球了。"

"离开这颗星球?"辛德重复道。

一个念头瞬间飞过她的脑海:这不正是她梦寐以求的机会吗?她是不是可以搭上便车,跟着这位年迈古怪的时间领主离开墨多斯了?她曾无数次抱有幻想,却始终没有机会。如今,机会终于出现了。她将在一个陌生的地方开始新的生活,有关战争的记忆将变成讲给孩子们听的童话故事。在偌大的宇宙中,一定存在这样的乌托邦。

"不要紧,反正我们也不赶时间。"辛德站起来,把枪靠在身旁的栏杆上。虽然这东西在紧要关头起不了什么作用,但万一事态恶化,它便是她唯一能够傍身的武器。

"我们?"时间领主问。

辛德回答道:"你不是说要送我到安全的地方吗?墨多斯可不在选择范围之内。在这里,躲避戴立克巡逻队就够麻烦了,若是成为它们的奴隶,我还不如干脆死了呢!"

"奴隶?"时间领主不解地问,"这可不像戴立克的风格。

难道它们对这颗星球另有所图?那些被抓住的人怎么样了?"

辛德耸了耸肩,"我只知道他们被带到城里关起来了。只要不冒险逃跑或反抗,戴立克就会留你一命。"

"它们是让人类在地下采矿吗?"

辛德再次耸了耸肩,表示自己并不知情。

"你得带我去看一眼。"时间领主说。

辛德心里一沉,突然发现砸门声消失了。"你不担心外面的变种了?"也许,变种跑回去汇报情况了,不过,辛德并不想深究它的去向。

"等遇到了再说吧。"时间领主说,"离我们最近的城市是哪儿?"

"安多尔,离这儿十几公里。"

"你认识路吗?"

辛德点了点头,"不过,这么做太危险了。"她补充道,"那里可是戴立克的聚集地。我听过不少消息,全都跟变种和戴立克新研发的武器有关。"

"我担心的正是这个。"时间领主最后看了一眼显示屏,然后朝门口走去,"来吧,择日不如撞日。"

辛德站在控制台旁,"如果我带你去安多尔探查戴立克的情况,你就得把我送到安全的地方。"她的声音有些沙哑,颤抖的双手藏在外套口袋里。

"好。"他说,"我答应你。"

"我凭什么相信你?"

他望了她一眼,转身走出塔迪斯,头也不回地大声说:"信不信由你!"

辛德想到自己早已没什么可失去的了,便一把抓起能量枪追了出去。

4

在戴立克将魔爪伸向墨多斯之前，总督乔斯林·哈里斯统治着这颗星球和附近四颗卫星。在她的精心治理下，各殖民地日益繁荣，出生率不断攀升，建筑项目稳步推进。虽然地球化改造工程出现过一次重大故障，致使某个冬季凛冽难耐，但整体进程相对平稳。

凭借引以为傲的政绩和不俗的实力，乔斯林连续三届被墨多斯的民众推举为总督，成为新时代的先驱。然而，她最终辜负了民众的信任，将墨多斯出卖给了戴立克。

她之所以这么做，既不是对权力的渴望，也不是对事业的追求——这两点足以让大多数人倒戈了——而是因为懦弱的本性。为求苟活于世，她背叛族人，沦为最不齿的那类叛徒。戴立克蜂拥而至，将墨多斯重重剥削，将人类赶尽杀绝。乔斯林主动充当它们的喉舌和傀儡，心甘情愿地被玩弄于股掌之间，以求获得一条生路。

多年来，乔斯林不断说服自己，她是被逼无奈才这么做的。

击败敌人的最好办法就是打入内部，获取情报，然后给抵抗军通风报信。她之所以还没递出任何消息，一是因为担心暴露自己，二是还缺了点付诸行动的勇气。要知道，戴立克行事一向速战速决，惩罚犯人绝不手软。不过，无论事态如何变化，有一件事是确定的：她并非不可替代的角色。

正当乔斯林想知道今天的安排时，两个可怕的古铜色戴立克走进了她的房间——也就是"牢房"的美称。它们命令她立即前往谒见厅，一句解释也没有，语气冰冷。

乔斯林听从命令，从办公桌后面站了起来。在庞大的戴立克指挥站里，人工重力十分微弱，仅供被羁押的人类囚犯使用。戴立克并不依赖重力，因为它们完全可以借助磁力将自身固定在金属地板上，或者依靠推进器飞行。

戴立克不会考虑人类行走起来是否舒适，自然也不会特意为他们增加重力。乔斯林只能迈着夸张的步子，一蹦一跳地跟在后面。谒见厅距离她的牢房不足五百米，在指挥站的这几年，她去过那儿无数次。

今天，永恒圈[1]都来了，五个戴立克齐聚在高高的基座上。单从大小和形状来看，它们与普通戴立克一模一样，唯一的不同是外壳的颜色：它们的外壳呈深邃的蓝色，与银色的半球形传感

---

1. 在《神秘博士》剧集的设定中，永恒圈是一批精英戴立克，由戴立克皇帝建立。

器和圆顶十分相配。

乔斯林大步跨进六边形的大厅，感受着它们自上而下的注视。她一直没明白这些戴立克的职责所在，也不清楚它们为何凌驾于普通戴立克之上。从她整理和收集的信息来看，戴立克皇帝指定永恒圈制造新型武器对抗时间领主。在墨多斯和坦塔罗斯螺旋星系的其他地区，它们已经进行了人体试验。

对乔斯林来说，它们是隐藏在蓝色外壳下的恶魔，是她无法摆脱的梦魇。正是这些金属怪物摧毁了她心爱的星球、她的家园和孩子。

"停下！"一名戴立克守卫叫道，声音如同钉子扎进头骨一般尖锐。她应声停住脚步，站在谒见厅中央，抬头望向永恒圈。它们缄口不言，目露凶光。

守卫们逐一退下，悄声滑进入口两侧的角落。乔斯林打定主意，不到万不得已，绝不开口。

一块全息屏幕在她头顶弹出，将四周的空气染成明亮朦胧的蓝色。随之而来的气味让她想起了新鲜的臭氧。

"报告情况！"戴立克皇帝低沉粗噶的嗓音响了起来。乔斯林惊讶地抬起头，看见一只一眨不眨的大眼睛投射在画面中，给人一种不祥的预感。它的声音如同立体声音响一般环绕着整个房间，翻搅着她的五脏六腑，令她后颈的汗毛都竖了起来。

位于最左侧的戴立克用刺耳的嗓音说："测试已完成，诛灭者即将问世。"

"很好。"戴立克皇帝说,"毁灭迦里弗莱指日可待。"它稍稍停顿了一下,"祖源计划的情况如何?"

"目前,我们已确定了十七条时间线,并在其中十二条上繁育出了戴立克。"另一名永恒圈的成员回答道,"我们与时间领主正在多条战线上作战,他们的力量已被分散。"

"新范式可有进展?"戴立克皇帝问道。

"在墨多斯上的测试已基本完成。"正对入口的戴立克回答道,身上的辐射阀不停地闪烁,"测试数据显示,配有时间武器的新范式已准备就绪,可在时空中发动攻击。"

"展示一下。"戴立克皇帝的声音中透着愉悦。

"我服从。"那个戴立克回答道,然后看向乔斯林,"戴立克很满意你的工作,乔斯林·哈里斯。"

"我自当尽心竭力。"她结结巴巴地答道,对即将发生的一切浑然不知。

它继续说:"不过,背叛人类的行为证明你不值得信任。你将遭到消灭!"

"不要!"她尖叫道,"不要!只要您开口,我愿意做任何事情。我能证明自己值得信任。"乔斯林向门口退去,她清楚地知道自己根本无路可逃——指挥站里全是戴立克,外面则是坦塔罗斯诡眼。就算成功从这里逃出去,她也活不了多久。不过,她还是决定拼死一搏。

乔斯林转身跑向门口，被戴立克守卫挡住了去路。她沮丧地大叫着，拼命思考对策。就在此时，一个新型戴立克缓缓进入她的视线。虽然它也披着古铜色的外壳，大小和形状与其他戴立克相同，但肩部组件被嵌在球窝接头中的黑色巨型能量炮所替代。

乔斯林见状，在低重力环境下踉踉跄跄地向外跑去。

那个戴立克转动能量炮，瞄准了她的身体，"诛灭！"

"不！求求你！"乔斯林不住地尖叫着，看见一团红光会聚在炮口。

光束射出来的一刹那，她抬手挡住脸，视线定格在了全息屏幕上。画面中，戴立克皇帝居高临下地瞪着她，眼神充满恶意。

5

"小心点,它可能还没离开。"辛德蹲在塔迪斯旁边环视废墟,搜寻着变种的踪迹,"我说的是那个四支枪杆竖在身前的家伙。"

"它肯定早就回去通风报信了。要是知道我到了墨多斯,戴立克怕是得发愁了。"时间领主说。

辛德若有所思地看着他。虽然时间领主出了名的傲慢,但眼前这位却有些不同。他不像是在自我夸耀,言语中反倒透露出一丝无奈,仿佛自己是被命运裹挟到这里来的。

辛德顿时对他产生了好感,但还不足以完全信任他。这个人高深莫测,她不知道自己该不该相信他。她只希望他们进入安多尔之后别惹上什么麻烦,按计划看一眼就走。如果行进速度够快,他们明天一早就能返回。

时间领主掏出音速起子,将它举过头顶,按下按钮来回摆动。接着,他把起子放在耳边,耸了耸肩,又把它塞回皮圈。

辛德环顾四周,发现他们所处的地区地势低洼,踪迹暴露无遗。她走到他身边说:"顺便一提,我叫辛德。"她并没有打算跟他握手。

时间领主只是点了点头。

辛德叹了口气,"通常在别人做完自我介绍后,你也得介绍自己以示礼貌。"

"是吗?"他一句话就把天聊死了。两个人顿时陷入沉默。

辛德追问道:"这就没了?"

"你怎么起了这样一个名字?"时间领主巧妙地转移了话题。

"别人根据头发的颜色给我取的。在戴立克杀害我的家人之前,我还不叫这个名字,但那都是很久以前的事情了。"她抬起手,拨弄着乱糟糟的红褐色短发。

时间领主认真地看着她,"我懂你的感受。以前,我也拥有一个名字,但早就记不清上一次用它是在什么时候了。"

"怎么了?"她问,"发生什么尴尬的事情了吗?"

时间领主用眼角的余光瞥了她一眼,"那个名字承载了太多的含义,如今的我配不上它。"

"这不应该由别人来评判吗?"辛德反问道。

"也许吧。"他答道。

"告诉我,你以前叫什么名字?"

他思忖良久,最终开口道:"我以前叫'博士'。"他垂下头，转身沿马路走去，步履沉重。

"喂，那位叫作'博士'的时间领主！"辛德在后面叫住他，"你走错方向了。"

随着黄昏的到来，午后的阳光逐渐消失，温度也慢慢降了下来。辛德庆幸自己没摔坏背包，从里面掏出了随身携带的针织套头衫。

墨多斯从未经历过真正的黑夜。坦塔罗斯诡眼的光芒时刻笼罩着这颗星球，将其揽入阴森的暮色之中。辛德并不知晓天黑是何种体验，但一想到伸手不见五指的黑暗，她就无法抑制心头的恐惧。在她看来，黑暗中隐匿着恶魔，而墨多斯正在等待它的现身。

博士和辛德放弃宽敞的马路，转而走在废墟中的小道上，不断爬过门楣，翻越残墙。虽然道路迂回曲折，但他们能在第一时间察觉到戴立克的动静。

他们走了五公里后，来到一片穹顶建筑和市政景观的废墟中。一支由两个戴立克和两个滑翔仔组成的巡逻队从屋顶掠过，搜寻着下方的生命迹象。博士连忙将辛德拽进残破走廊的拱门下方，在临时掩体内躲了十来分钟，以防巡逻队杀个回马枪。

前面不远处有一片人类抵抗军的营地，辛德告诉博士，她得在那儿休整一下。营地里的帐篷和应急设备随处可见，建材垃圾搭建的临时住所迷惑了高空侦察的戴立克。只有当你置身其中时，才能在看似废弃之地的建筑下面发现人类居住的痕迹。

营中的男女老少总共三十来人，是辛德现在仅剩的家人。他们衣衫褴褛地围坐在一起，有的在清洁武器，有的在包扎伤口，有的在生火做饭。抵抗军只剩下这点兵力，那些不够强壮敏捷的人类都牺牲了。

"这是什么地方？"博士问，"你不是要带我去安多克吗？"

"安多尔。"辛德纠正道，"我们一会儿就去。刚才告诉过你，我得在这儿拿点东西。"

"这儿是你们的驻地？"博士问。

辛德摇摇头，"我们刚到这儿没几天。为了保持对戴立克的领先优势，抵抗军得不断更换位置。不管怎么说，我们现在的确住在这里。这就是我的生活。"

博士沉默地站着，怔怔地望向营地，泪水模糊了双眼。

"跟上。"辛德说，"我们不会在这儿停留太久的，我拿几样东西就走。"

她领着博士穿过临时搭建的营地，引来无数不加掩饰的目光。"别管他们，"辛德低声说，"我们现在很难见到一个活人。若是让他们知道你是时间领主，你猜会是什么下场？"她咧嘴一笑，决定还是不说为好。毕竟，如果博士身份暴露，很可能会被直接处死。

"辛德!"

糟了!辛德一听就知道是谁的声音,科因是她现在最不想见到的人。从她决定和陌生人搭乘塔迪斯离开的那一刻起,科因和其他所有人就被抛弃了。她赶紧低下头,只想悄悄溜走,不愿面对内心的愧疚。她知道这种行为一点儿也不勇敢,但她早已厌倦了无休止的奔跑和废墟中的生活,也厌倦了时时刻刻保持对戴立克的警惕。成为战士并非她的本意,这个身份是战争强加给她的。如今,她终于有机会离开这里,去开启不同的人生。可一旦见到科因,她又如何能够心无愧疚地离他而去?

"辛德!你带来的这位朋友是谁?"

她叹了口气,转身看见科因从帐篷那头径直走来。"你好,科因。"

科因是抵抗军小分队的领队之一,四十来岁,身材单薄却满是肌肉。左脸上深紫色的疤痕见证了他与戴立克的数次交锋,当时,一道能量束从他的脸颊擦过,烧毁了耳朵和脸上的肉。

当初,正是科因把辛德救了回来,也是他教会她如何生存和战斗。

"不给我介绍一下吗?"他警惕地看着博士。

"他是……"她犹豫不决地说。

"约翰·史密斯。"博士说着,伸出了手。

"好的,史密斯。"科因上下打量着他,"你之前在何处藏身?"

"哪儿都行,只要不被戴立克找到。当然,不能在同一处待太久,得不停地换地方。"博士的目光落在辛德身上,露出浅浅的微笑。辛德看得出来,他没有说谎。"我发现辛德的时候,她正打算单枪匹马干掉一整支戴立克巡逻队。"博士继续说,"于是我决定帮帮她。"

科因露出亲切的笑容,"听上去确实是她的行事风格。"他一手搂住辛德的肩膀,保护意味极强,"你怎么能一个人行动呢?你清楚规则的,单独行动很危险。"

"我不是一个人。"她回答道,"这不还有约翰·史密斯吗?"

科因翻了个白眼,"别转移话题。"他说,"好吧,我估计你们也饿了。走吧,炖菜快做好了。"

辛德略带歉意地看了博士一眼,"那我们——"

"恭敬不如从命。"博士补充道。

所谓的炖菜其实是蔬菜和草药熬成的热气腾腾的浓汤,看着令人胃口大开。辛德狼吞虎咽地吃起来,享受着难得的饱腹感。

此时,墨多斯已是深夜。诡眼的光芒在空中飘荡,形成黄色、粉色和蓝色相间的极光,看上去诡异而空灵。这番景象既像一个深不可测的湖泊冒着泡泡，又像一幅色彩斑斓的油画挂在天上。

博士和科因就戴立克驻军的细节展开了深入的探讨，聊完发现已经过去了半个小时。博士走到辛德身边，坐在倒扣的鼓面上，顺着她的目光仰望天空。

"漂亮吧？"她说。

"你知道那些光芒是什么吗？"他问。

辛德摇了摇头。

"那是时序风暴，"他端起金属杯子喝了一大口茶，"也就是坦塔罗斯诡眼释放出的时序辐射。它会引起时空中的异常现象，犹如窗户一般打开另一条时间线，只不过，那头的世界变幻莫测。长达十亿年的时光就在你的眼前，从远古时代一直到遥远的未来。你说得没错，天空真的很漂亮。"

辛德再次抬起头，重新审视天空，"和平岁月已不复存在，如今只剩下战争了。"

博士凝视着她，"辛德，宇宙是一个充满奇迹的地方。我曾见过梭哥星的玻璃卫星，也曾见过东方抛物线上的红色面纱，还曾见过奥特罗斯的天空海滩。总有一个地方会让你流下感动的泪水。"

"曾经的墨多斯也瑰丽无比。"辛德说，"在你们还没开战之前，这片天空'船'流不息，搭载着熙熙攘攘的异国人。城中生命繁盛，人人安居乐业。他们在平原上建起休闲豪宅，以俯瞰巴里安海，欣赏金色的海浪和冰粒海滩。这里还有直通坦塔罗斯诡眼的高塔，以及外形和思维都极度接近人类的机器人。昔日令人叹为观止的帝国，如今却变成了一片废墟。"

辛德用鞋尖拨弄着地上的泥土，"你刚才提到的那些美丽的地方，早晚会被你们一个个亲手毁掉，不是吗？等战争结束之后，宇宙里还能剩下什么？"

"如果我能阻止这一切，那些地方就不会消失。"博士回答道，"我之所以来到这里，辛德，就是为了摸清戴立克的计划并阻止战争。"

辛德点了点头。她可以信任这位时间领主吗？他的身上似乎有一种说不清的特质。与博士同行的这段时间，她对未来第一次有了憧憬，开始相信希望不会破灭，摆脱困境的方法总能找到。这种陌生的情感让她无所适从。

片刻后，博士问："你的东西都拿齐了吗？"

辛德瞬间被拉回现实。"拿齐了。"她指了指放在床上的背包，"只是一些我舍不得丢下的纪念品。"她抬起手臂，给博士看了一眼手腕上的镯子。它很普通，是用铜丝拧成的铜环，由于长年的摩擦而变得十分有光泽。很久之前，哥哥亲手给她做了这只手镯，这些年一直被她带在身边。既然要永远离开这里，她肯定得把手镯带走。毕竟，这是哥哥留给自己的唯一纪念了。

"我明白。"博士说。他的视线突然停在某处,皱起眉头问:"你旁边的那张床铺是谁的?"

辛德看向离小床一两米远的床铺,产生了一种异常熟悉的感觉。"我不知道……"她犹豫了一下,"我好像应该知道,可就是想不起来了。这种感觉太诡异了,就像是丢了魂儿似的。"

博士点了点头,表情沉重,"没事,那就别想了。喝完这杯茶我们就出发吧,去看看戴立克究竟在安多尔搞什么鬼。"

辛德放下杯子,抓起背包挂在了肩上。虽然她现在真的很想睡觉,但还是得完成答应博士的事情。更何况,博士也向她许下了承诺。无论结局如何,她都要有始有终。

6

"嘘!"

"我没说话啊!"博士说。

"你的脚别踩在沙砾上,"辛德将声音压得很低,"往泥地上走。"

博士像看疯子一样看着她,"那我的靴子不就踩脏了吗?要是弄得塔迪斯里全是泥巴,你负责给我清理吗?"

辛德白眼一翻,"行行行,我来清理,你赶紧的!弄脏靴子总比暴尸臭水沟要强。我们马上就要到了,那儿可遍地都是戴立克。"

博士夸张地"啧啧"了几声,最终还是放弃碎石小道,走上了长满杂草的泥地。

他们来到安多尔的市郊,站在城墙的边界外。墙体因戴立克多年的蹂躏早已损毁大半,只剩下一片片碎石板堆在地上。辛德想起小时候看过的一本画册,上面画了一座远古地球时期的城堡,孤零零地坐落在大海边的峭壁之上。这样的地势易守难攻,所有进城的行动都会暴露在敌人的眼皮子底下。

从城市遗迹不难看出，昔日的安多尔瑰丽壮观，犹如殖民星球的一颗明珠。在人类到达之初，城中只有一些非常基础的建筑：格子楼、学校和四四方方的市政大厅。几年后，这里摇身一变，发展成了热闹繁华的大都市。带有地球风格的剧院、教堂和摩天大楼鳞次栉比，细长的空中人行道交错纵横。后来，戴立克攻占安多尔，炮火将城市炸得支离破碎。辛德跟其他幸存者一样被迫迁居郊外，听天由命。

茂盛的藤蔓肆意攀爬在废弃的住宅楼上，成为城市沦陷后仅存的生命。辛德蹲在一间房屋内，透过残破的砖墙向外窥视，招手示意博士跟上来。他弯下身子，蹑手蹑脚地走到她身旁。

"看那儿！"她指着远处说，"看见那些穹顶了吗？那是戴立克指挥站，由老旧的教学楼改造而成。"

博士点点头，"被带到城里的那些人在哪儿？"

辛德耸耸肩，"天知道！那些人接受'改造'后就不见了。以前，大家还会猜测他们发生了什么，后来谁都不提这茬了，可能是默认他们已经死了吧。我从没听说有谁能从里面活着出来。"

"那我们更得去看看了。"博士说。

辛德摇摇头，"等会儿！我们当初不是这么商量的。你只说要来看一眼，既然现在'一眼'已经看完，咱们就应该返回塔迪斯，走得越远越好。"

"辛德，我必须查清楚戴立克对那些人做了什么。如果它们只想取人性命，何必大费周章地把他们集中到这里？直接消灭不是更符合戴立克的风格吗？它们总不会良心发现了吧？"他若有所思地摸了摸胡子，"指挥站里肯定有什么不可告人的秘密，我必须查清楚。"

辛德跟随博士走出房屋，沮丧地踢着地上的砂石。小石子蹦跳着穿过小道，打在对面的墙上。她早就料到事情不会这么简单。

"你若不想去，可以在这儿等我。"博士说，"我很快就回来。"

"怎么能让你一个人去呢？你连武器都没有。"辛德说。然而，她内心的真实想法是：要是你鬼鬼祟祟的行动被戴立克发现了，我又找谁来开塔迪斯呢？不过话说回来，她开始喜欢博士了。

十米开外，沉闷的嗡嗡声传了出来。他们听到响动后，不约而同地蹲下身子，躲在了砖墙后面。博士目光如炬，越过边沿向外看去。

"什么情况？"辛德悄声问，"你能看清吗？"

"在那儿！"博士偏了偏脑袋，"有人朝这边过来了。"

辛德从墙洞往外窥视，透过层层藤蔓看见十余名人类排成长列，正朝城门走去。他们脸色苍白，疲惫不堪，一副命不久矣的样子。队伍中至少有五个戴立克，其中两个盘旋在队伍两侧，监视着周边废墟中可能出现的异常情况。

当它们的眼柄扫过来时，辛德赶紧低下头，屏住呼吸，唯恐招来戴立克的叫嚣或火力。谢天谢地，只是虚惊一场，它们的关注点似乎全在押送奴隶上面。

四五分钟过去了，辛德和博士仍然一声不吭，连动都不敢动。城门吱呀一声打开，戴立克发出了命令。一个人类不敌恐惧和疲劳，号啕大哭起来，辛德想堵住耳朵，将声音统统隔绝。

可是，刺耳的声音还是不断传来。两分钟后，城门在奴隶身后缓缓关闭。辛德长吁一口气，像是几个小时没呼吸似的。

博士快速环视四周，"它们走了。我们得抓紧时间，想办法潜进去。"

他站起身，正打算拉辛德一把，却发现她愣愣地看着前方。只见城墙上有一只戴立克眼柄正凝视着他们。

"发现入侵者！警报！警报！"

辛德只能看清它的圆顶和眼柄，外壳的其他部分似乎都藏在城墙之后。

"升空！升空！"

"快跑！"博士一把拽起她，"跑啊！"

"不！"她挣脱他的手，将背在身后的能量枪移到胸前，摸索着扳机的位置。

戴立克平稳地升到半空中，"消——"

话音未落，辛德的枪口传出巨大的爆炸声，能量束如同长矛一般削掉了戴立克的脑袋。外壳残骸打着转坠落在地，撞向一旁的墙面，在地上弹了几下，最终停在几米开外的地方，豁口处升起滚滚浓烟。

博士目瞪口呆地看着她，"这玩意儿不是没有能量了吗？"他虽然一脸惊讶，但也明显松了口气。

辛德咧嘴一笑，"我在营地里拿了新的能量电源，想着以防万一嘛。"

博士跟着笑了起来，"机会正好！戴立克察觉到异常动静，肯定会出城查看。我们趁机悄悄地溜进去。"

"你是认真的吗？"辛德问，"我们真的要进去？"

"咱们不是都谈好了吗？"博士反问道。

"我们只是谈过，但并没有谈好。我从没见过比这更不靠谱的计划了。"

这时，嘈杂的声音从城墙后面传出。

"难道我们还有别的选择吗？"博士率先走出去，靴子踩在砂石上嘎吱作响，"来吧，走这边！"

当一群戴立克赶到"案发现场"时，博士和辛德如脱缰的野马一般冲向城墙。博士一马当先,贴着墙根儿走在房屋的阴影里。有意思的是,辛德发现他一直踩在草坪的泥地边缘。

在他们身后,一个戴立克正在下达命令:"搜索!定位!消灭!"

这场行动太疯狂了,辛德从未像现在这样不顾后果地往前冲。她明明知道这条路走下去只有一种结局,却依然抑制不住内心的狂喜。自打记事起,她活着的目的就是猎杀戴立克。可是今天,她的生命被赋予了全新的意义。不过,考虑到自己正全力奔向敌人的大本营,生命随时可能终结,辛德觉得这不免有些讽刺。

此刻,博士已经跑到了城墙的瓦砾堆边,打算钻进上面的一处窄缝。他有着与年龄完全不符的矫捷身手,精神焕发。只见他奋力向上爬,根本不在乎身后可能会出现戴立克。

"等等我!"辛德一边轻声喊道,一边跟上博士。攀爬城墙令人心惊胆战,但如果不爬,她就只有被戴立克捉回去的份儿。她没有其他选择。

几个戴立克找到身首异处的同伴,随即迅速散开,对废墟展开地毯式搜索,发誓要找到凶手。辛德知道,过不了多久它们便会追上来。

她攀着砖墙向上爬,不料手指打滑,一只手竟然抓空了。她将尖叫的冲动憋回嗓子眼,发出微不可闻的哼声,单手挂在墙上,身体来回摇摆。冰冷锋利的砖石陷入手掌,迫使她的抓力越来越小。

辛德再次伸出手,却因为难以借力而未能抓住。她不断往下缩,低头估量了一下距离地面的高度,视线开始飘忽。若是掉进下面的瓦砾堆,即便摔不死,也会被戴立克抓走。

突然,一只手牢牢地抓住了她。辛德抬起头,对上了博士的目光。他抓住她的手腕,轻声说:"快点,我们还得去探查城里的情况和那些奴隶呢。"

"你很享受这种冒险,对吧?"她带着责怪的语气说。

博士把她拉上来,粲然一笑,"你不也一样嘛。"

辛德耸了耸肩,露出顽皮的笑容。"那可不好说。"她不置可否地回答道。

爬上城墙后,他们才发现这处窄缝比想象的宽出许多,空间绰绰有余,可供两个人并排行走。辛德意识到,博士一直没有松开自己的手。她不知道他究竟是为了安抚谁,但并不讨厌被握着的感觉。

城墙另一侧离地约六米高,底下是黏软的泥巴,尽头是一排废弃的建筑。辛德发现这里一个戴立克也没有,看来,刚才那条"调虎离山计"卓有成效。

"你先请。"辛德瞥了一眼博士,"这是你出的主意,所以你先跳。"

"不如一起吧？"他提议道。

辛德认命地叹了口气，"好吧。"她往底下看了一眼，开始怀疑自己的决定是否明智。最后，她还是决定放弃思考，毕竟，现在才想起"明智"也晚了。"一、二……"

博士纵身一跃，拽着辛德跳了下去。两人双脚着地，齐刷刷地跪倒在潮湿黏腻的泥地中。若不是氛围不合适，这幅场景还挺搞笑的。

"噢！"辛德挣脱博士的手站了起来，"我的紧身裤都湿透了。"她说着，扶起了博士。

"别担心。"他说，"塔迪斯的衣柜里肯定有衣服可以供你换装。"

她挑了挑眉，"你喜欢穿女装？"

"人嘛，"他指着沾满泥巴的裤子说，"总得有点小癖好。"

辛德被他逗乐了，双手捂住嘴巴笑个不停。

"来吧！"博士指着前方风格阴郁的楼房说，"走这边。"这些被遗弃在黑暗中的建筑门窗都已破碎，植物从屋顶的破洞里探出了头。

"等等，我研究过地图。"辛德说，"我们先从这边贴着墙角走一段路，然后横穿过去，再顺着影子继续走。戴立克应该想不到会有人从这边进来。"

博士露出灿烂的笑容,"不知道你是什么想法,反正我很庆幸把你带上了。"

他们蹑手蹑脚地穿过空荡荡的街道,经过废弃已久的建筑群。在街边的橱窗里,放了好几年的商品渐渐落了灰、发了霉。

虽然一路上都没碰到戴立克,但一丝担忧仍萦绕在辛德心头,给原本轻松的心情蒙上了一层阴影。它们刺耳的嗓音依稀可闻,大有不抓住凶手不罢休的意思。

她不知道事成之后,他们该怎样逃出去——原路返回不太现实,因为城墙太高了,根本爬不上去。要是有一条撤离路线就好了,最好沿途还没有戴立克把守。不过,这都不是当下应该考虑的问题,她得把心思放在如何神不知鬼不觉地潜进戴立克指挥站。

辛德走到十字路口的拐角处,一把拦住博士,警觉地观察周围的环境。指挥站矗立在长街尽头,眼熟的穹顶冒了出来。然而,就在必经之路上,一个戴立克正背对着他们,不断移动眼柄。

辛德后退一步,对博士耳语道:"戴立克。"

"哦,没想到能在这儿碰见戴立克。"博士悄声说。

辛德轻轻地捶了一下他的肩膀,"严肃点!我们该怎么办?这儿离穹顶太近了,一开枪谁都能听见。"

博士四处打量了好一会儿,说:"不如跟它友好地交流一下?就说我们迷路了,找不到回牢房的方向。我觉得这主意不错。"

辛德怀疑他变得有些神志不清了,"我还不至于为此献出自由,更不至于拿命去换。这是我的底线。"

博士笑道:"既然如此,那我们绕过去吧。"

他们原路折返,退到两排房屋之间的一条窄巷口,偷偷地拐了进去。这里常年流淌着从水沟里溢出的脏水,他们经过时把路面踩得哗哗作响。

"来,进去吧。"博士说着,将辛德拉到一座空房子前。房屋的结构相对完整,是一个标准的家庭式格子楼。

他推了一把大门,发现里面上了锁,于是从胸前掏出了音速起子。一分钟后,他将调好参数的起子对准门锁,按下开关。起子顶端亮了起来,发出嗡嗡声。没过几秒,辛德就听到了锁簧滑开的声音。

"你是怎么做到的?"

"不过是搅动了几个分子而已。"博士轻拍鼻尖低声说道,"进去吧。"辛德跟在他身后走进了屋内。

里面一片漆黑,既没有诡眼释放的摇曳光芒,也没有肆虐的辐射风暴发出的亮光,仅有的一丝光线从长在玻璃窗上的苔藓间透了进来。

辛德咽下口水，心脏怦怦直跳。房中的景象让人以为主人只是暂时离开了——地毯上散落着儿童玩具，边几上放着一只空玻璃杯，墙上的相框仍投射着男女主人幸福相拥的全息影像。

霎时，愧疚和悲伤席卷而来。在无数家庭被戴立克毁坏的同时，辛德却得以幸存下来。父母和哥哥用生命换来了她的生机，她何德何能苟活至今？

她一心想抹除那段记忆，将愧疚转化为对戴立克的仇恨。可是，她不曾发现，藏在隐秘角落的那段记忆早已溃烂腐朽。

她总以人微力薄为借口，既没有努力拯救他人，也没有试着改变事态。渐渐地，她只是满足于伏击巡逻队，陶醉于猎杀戴立克，将每一次击杀当作一次胜利。

后来，博士出现了。他驾驶神奇的蓝盒子从天而降，在短短数小时之内就迫使她重新审视之前的想法。她能做的远不止这些，反击戴立克也不止猎杀这一条路。许多事情看似困难，但事在人为。辛德不知道博士为何在墨多斯上四处打探消息，但知道他绝不是为了一己私欲。他不惜将自己牵扯进来，只为扭转逐渐失控的局面。

直到此刻，辛德才意识到，以前的种种努力犹如对着空气打拳。那些胜利毫无意义，丝毫没有改变事态发展的方向，还白白浪费了光阴。当她跟随素昧平生的时间领主来到安多尔时，冥冥之中好像知道自己还有时间改变这一切。她得到了博士的救赎。

博士不仅带她逃离现有的生活,还告诉她如何改变现状。更重要的是,博士似乎也知道这一点。

辛德环顾四周,发现博士已经离开了客厅。她听到脚步声从楼上传来,便也跟了上去。博士站在儿童卧室的窗边,望着外面的戴立克指挥站,鲜艳的窗帘垂在窗户两侧。

辛德走到他身旁,顺着他的视线看去,发现指挥站并没有想象中那么先进。五座穹顶围绕着中央空地,形成了一个松散的圆圈;楼与楼之间彼此相连,两侧设有狭长的金属廊道,就像是被人紧紧地绑在了一起;穹顶外形一致,粉刷着与戴立克外壳一样的古铜色,中心装有竖立的旋转枪架。建筑的布局不讲求美观,只注重实用。整个地方给人一种临时搭建的感觉,可穹顶已经建成十多年了。

"那些建筑到底是什么?"辛德问。

"戴立克碟形战舰。"博士回答道,"它们推平原来的建筑,把飞船降落在上面,并架设了临时廊道,随时可以遗弃整个指挥站。显然,戴立克不打算在墨多斯久留。"

"那它们想干什么?"辛德问。她一直以为,戴立克攻占墨多斯是为了夺取控制权,却从没想过这颗星球只是它们实施计划的垫脚石。

"我也想知道答案。"博士说。

恍惚间,辛德看到中央空地上有物体在移动,便探出身子,鼻尖都快贴到脏兮兮的玻璃窗上了。她眯起眼睛,看见一群人类被驱赶到昔日的儿童游乐场。聚光灯骤然亮起,把周围照得一清二楚,辛德下意识地皱起眉头。三个戴立克推搡着奴隶,让他们肩并肩站成一排,男男女女加起来一共十个人。由于离得太远,辛德什么也听不见,但能想象得出那些金属怪物会如何恐吓人类。

博士将双手撑在窗台上,饶有兴致地凝视着窗外。

为什么要让他们站成一排呢?"哦,不!"辛德突然明白过来,"它们要处死这群人!"

"也许吧!"博士发出低沉的怒吼,"但戴立克为什么要大费周章地囚禁人类,又让饿得半死的他们站成一排遭受射杀?这件事恐怕没这么简单。"

辛德不忍心看接下来的画面,却无法转移视线。只见三个戴立克逐一后退,只剩一个留在视野中央。它的外壳与其他戴立克略有不同,装着一门巨大的黑色能量炮,让人有种莫名的熟悉感。"对了!我在伏击巡逻队时见过类似的变种,"辛德说,"它跟那个被你的蓝盒子'腰斩'的变种一样。"

"不一样。"博士说,"它不是变种,而是一种新型产物。"

那个新型戴立克转动眼柄,扫视着这群凄惨的奴隶。这时,另一个戴立克飞入视野,圆顶的灯一闪一闪,显然是在传递信息。

新型戴立克接收到信息后，迅速启动武器，一团红光会聚在炮口。接着，能量炮毫无预兆地射出红色光束，瞬间吞没四名人类。他们尖叫着跑开，却逃不出光束的包围。其余奴隶看到同伴的遭遇，吓得跌跌撞撞地四处逃散。

光束穿过皮肤，又灌进口眼，不断渗入他们的身体里。四名受害者痛苦地抽搐着，似乎承受不住如此巨大的能量。他们的躯体逐渐溶解，最终化为乌有。红色光束犹如一缕轻烟，在短暂闪现后又渐渐散去。

辛德踉跄地离开窗边，手捂着额头，感觉胃里直犯恶心。她知道自己目睹了非常可怕的一幕，但又说不清到底是什么。她呆呆地望着博士，借他的胳膊稳住自己。"刚才发生了什么？"她问，"我只记得场面很可怕。"她又朝空地望了一眼，看见戴立克正在检查押回来的六个奴隶。

"那是一种时间武器，叫作去物质枪。"他说着扶住她的胳膊，"它能将一个人从历史中彻底抹去。"

"你是怎么知道的？"辛德问，"看一眼就知道它的功能了？"

博士眯起眼睛，"你没看见能量炮杀死了四个奴隶吗？"

辛德挣脱他的手，走到窗户前。"哪儿来的另外四个人？"她说，"那里从始至终就只有六个人。"尽管这句话是她亲口说出来的，但还是不太对劲，一种怪异的感觉似乎缠着她不放。她还能相信自己的大脑吗？

"你被时间武器影响了，辛德。"博士解释道，"能量炮可以将一个人从时间线上抹除，不留一点痕迹，就好像他从未存在过一样。营地里，你旁边的那张床铺应该是你朋友的，他在废墟中遇到的武器也是这种。那段和他有关的记忆没有丢失，还藏在你的脑海深处，只是现实已经遭到扭曲，你再也无法跟他产生关联。大脑解释不了这一切，所以你才感觉事情不对劲。"

辛德使劲儿摇晃脑袋，好像这样做能让自己清醒一样。这种武器除了夺走他人的生命，还要抹去与之相关的一切记忆和情感……这绝对是史上最邪恶的武器，用心之歹毒也是闻所未闻的。她拭去眼角的泪水，既然记不起遭遇不幸的朋友，那就记住这种悲痛的情绪吧。

"抱歉，"博士说，"我真的很抱歉，之前答应你的塔迪斯之旅恐怕要推迟了。一旦戴立克大批量使用这种武器，我们必输无疑。"博士上前将辛德搂在怀里，"我得阻止它们。"

辛德强忍着泪水推开博士，眼神坚定。她下定决心说："我加入。无论付出怎样的代价，我都要帮你阻止戴立克。"

博士露出苦涩的微笑，"这才像话，好姑娘。"

7

"咱们怎么进去？"辛德问。

他们离开格子楼，回到了空寂的街道上。戴立克指挥站如同不祥之物，赫然耸立在下一个路口。正当辛德思索该如何进入时，博士开口了："根据我多年的经验，最好的方法就是直捣正门。"

"正门？你打算直接走过去，再拧一拧门把手吗？"辛德说。她不知道博士是艺高人胆大，还是单纯的无脑莽撞。更何况，戴立克战舰上说不定连门把手都没有。

"没错。"博士回答道，"这招通常有奇效。"说完，他大步流星地朝前方走去。

辛德见状，恼怒地跟上去问："你经常遇到这种情况吗？"

"多到超乎你的想象。"博士沉沉地叹了口气，湿润的眼眶透出一丝疲惫。

辛德不免开始猜测博士的年龄。他看上去的确岁数不小，可是她不知道时间领主的寿命能达到多少岁。据传闻，他们永生不死,还可以随意改变样貌,体验全新的人生。传闻的可信度有待考证,因为据她观察,博士跟自己一样是肉身之躯,并不能抵抗戴立克能量束的攻击。

"你就不怕撞上戴立克?"她问,"万一碰上去物质枪呢?"

"戴立克的傲慢程度跟时间领主不相上下,"博士说,"甚至有过之而无不及。所以,它们绝对想不到会有人自己送上门来。这是我整个计划的精髓所在。"

"这也能叫计划?"辛德嘟囔道,手中的枪握得更紧了。当她决定踏上这段惊险之旅时,还以为博士早已有了全盘的筹划。

走到街道尽头时,辛德向左瞥了一眼,做好随时逃命的准备。没想到的是,之前那个戴立克已经离开了。于是,她顺着街道向右侧望去。

整座城市的建造计划在地球上时就已经规划好,建筑按照基础的网格模式排列分布。那时,殖民者满载各种材料抵达墨多斯,构筑了城市的第一批建筑。随着殖民地的不断发展,人们学会了生产制造、伐木拓林、开采矿物金属等工作。建造工艺日益完善,最初的规划始终未变。日复一日,年复一年,日新月异的发展使大家忘记了这颗星球原本的定位,转而将其视为自己的家园。

人类在这里繁衍生息,随着时间的推移,殖民地扩张至螺旋星系的其他星球，墨多斯也成为这段人类文明的发源地。可如今，亿万生命无辜陨落，就此消失在历史的长河之中，更有不计其数的人类沦为戴立克的奴隶。

博士说得对，这场悲剧该落幕了，他们必须阻止戴立克。辛德不再质疑博士，如果他认为最佳方法就是明目张胆、优哉游哉地从正门进去，那她将无条件地追随他的脚步。博士身上的某种特质激发了辛德的信任感。

他们经过十字路口，沿着脏兮兮的街道继续行进，来到了最近的一艘战舰面前。巨大的舰体高耸在辛德的面前，投下一大片阴影。在教学楼的瓦砾之上，三个位于底部的半球体支撑着飞船。外壳坑坑洼洼，表面覆盖着一层铜绿，上面的灯早已罢工。匍匐的藤蔓从船底侵入，枝条像柔嫩的手指一样蜷缩起来，紧紧攀住来自太空的不速之客。战舰虽然处在废弃已久的人类建筑群中，但丝毫不显突兀。

二人缓缓前行，一边走一边观察四周的动静。临时架设的廊道上，一个戴立克和两个身材矮胖的蛛形变种正从他们头顶通过。辛德一把拽住毫无察觉的博士，将他拖到飞船正下方的阴影中，不动声色地指了指上方的戴立克。博士迅速反应过来，点了点头，静静地等待它们离开。

"如果我观察得没错，那边应该有条坡道。"博士说着，摆弄起了围巾。他绕着飞船的边缘，来到靠近中央空地的一角。这里仍笼罩在阴影之下。

戴立克已经完成了武器测试,将剩余的奴隶赶到了另一艘战舰上。辛德特意数了一下,发现还是六名人类,暗自松了口气。

有一点她始终无法接受,昔日的儿童游乐场竟然变成了人类的坟冢。玩跳房子游戏时留下的痕迹依稀可见,褪色的印记与周围的环境产生了强烈的对比。她心绪不宁,觉得戴立克是故意选在这里进行测试的——它们想嘲弄人类,提醒他们那段无忧无虑的时光已经一去不复返。

"快走,否则你将遭到消灭!"一个奴隶被身后的戴立克推搡着前进。他跟跄了几步,一声不吭、垂头丧气地拖着脚走上坡道,仿佛没有听到命令似的,早已丧失了斗志。

辛德看得出来,那是一个一心求死之人,其他奴隶也是一样。他们清楚地知道自己没几天可活了,甚至十分期待最后一天的到来。毕竟,死亡可以终结折磨,让他们从活受罪的日子里解脱出来。

最后一个奴隶在辛德的注视下走上坡道,消失在另一艘战舰上。

"走吧。"博士压低声音拍了拍辛德的肩膀,让她回过神来,"机会来了,坡道就在那边。"他伸出大拇指表明方向,"慢慢地、悄悄地跟紧我。"

两个人小心翼翼地穿过空地,走上了坡道。辛德把武器挂在身上,手指扣着扳机,难以相信自己正在做如此冒险的事。要是被科因知道了……

他们肩并肩踏进了戴立克战舰的"深渊巨口"。飞船的墙壁上装饰着水晶拱门和圆形图案,炫目的颜色——黄色、绿色、棕色、紫色——如同从血管中泵出的血液一般跳动着。在他们面前是一条宽阔的环形走廊,辛德心跳加速,担心转过弯的下一秒就会与戴立克撞个正着。幸运的是,到目前为止,它们还没有察觉到他们的到来。

"好吧,比我想象中容易多了。"她轻声说。

"进门容易出门难。"博士告诉她。

"呵呵,感谢提醒。"她嘀咕道,"现在我们要做什么?"她举起能量枪,惊讶地看到自己的双手在不停地颤抖。

博士耸耸肩,"四处转转吧。每艘飞船都有特定的用途,我们先查清楚这一艘。"

他们沿着左侧的走廊贴墙而行,时刻警惕前方的动静。辛德知道,幸运之神不会永远眷顾他们,戴立克随时可能冲出来。毕竟,战舰上总不会连监控器都没有吧?

过了一会儿,走廊分出多条岔路,通向飞船的更深处。博士漫不经心地抬起手,指了指其中一条小路,领着辛德继续前行。

周围的墙壁上安装着巨大的金属面板,看起来像是一道道门,但上面没有任何可操控装置。先前的疑问终于得到了解答——戴立克战舰上真的没有门把手。

"这些是牢房的大门吗?"辛德问,"会不会有人类被关在里面?"

"可能吧,光从外面不太看得出来。"博士说,"不过,那些人类更有可能被集中关押在其他战舰上或者附近的建筑内。"

"我们还是确认一下吧。"她说,"门要怎么开?"

"不用开,直接走进去就行。大门是自动感应的。"博士回答道。

辛德蹑手蹑脚地走过去,可大门毫无反应。

"不,你的姿势不对。"博士说,"你得像戴立克那样走。"他昂首挺胸,往前迈出自信的步伐。随着咔嗒一声,大门嗡嗡作响,然后一下子升了上去。

映入眼帘的是一间相对宽敞的房间,里面摆满了千奇百怪的高科技设备。阵阵恶臭随之飘出,像是腐烂变质的肉散发出来的,熏得辛德几欲呕吐。她开始后悔走进来了。

看见博士走进房间,她只好跟了上去。除了可怖的臭味儿,这里存放的东西更加骇人。墙边摆放着五个玻璃材质的物体,外形与普通戴立克一致,但全身透明,连枪杆和吸盘臂都是玻璃制成的。

辛德举起枪后退一步,紧张地查看两侧的情况,担心这些戴立克发动攻击。

博士伸出手安抚她,"它们不是活的,至少现在还不是。不信你仔细看。"

辛德将信将疑地走上前,透过玻璃外壳看到了里面的有机物。那是一团上下起伏的胶状物,由血肉和管道连接而成。胶状物不断地膨胀和收缩,就像发生病变的肺脏一样。

看来,这里是一间培育室。一想到这里,辛德忍不住又想吐出来。她将目光移到第二个玻璃戴立克上,这才意识到整件事的恐怖程度——里面的有机物竟然有一张人类的面孔。

那是一个人类女性,黄色的瞳孔飞快地转动着,流露出疯狂的眼神。畸形的头顶没有头发,失去四肢的身躯肿胀冒泡,结成疙疙瘩瘩的瘤子。管道从她的胸口伸出,接在了外壳上。

辛德踉跄着跑开,不敢再看下去。这绝对是她此生见过的最恶心、最痛心的画面,简直难以承受。

"戴立克带走奴隶就是为了做实验?"她问。

"它们把人类改造成了戴立克。"博士的声音阴冷低沉。

"把人类改造成戴立克?"辛德重复了一遍博士的话,对戴立克的厌恶之情溢于言表。

"没错,戴立克似乎不像以前那样执着于保持种族纯洁了。"博士说,"遭遇困境的时候,原有的理念竟变得一文不值。真有意思。"

"可这是为什么呢?这样做对戴立克有什么好处?"

"它们在制造士兵，或者说炮灰。"博士解释道，"它们将人类暴露于辐射中，使其细胞产生变异，就像卡里德人的变种一样。一旦人类的生理构造发生改变，肉体便被移除所有情绪，安置在戴立克外壳下，变成服从命令的无情机器。即便这些戴立克被销毁了，真正的戴立克族群也没有任何损失。"

"卑鄙！"辛德气愤地说。

博士点点头表示赞同，"它们做的恐怕远不止这些。"

辛德环顾四周，看见某种像肉泥一样的物质浸在冒泡的大缸里，插在上面的部分管道与玻璃戴立克相连，其余的则直通天花板和墙壁。看来，正是这些管道提供了能量和营养，从而使人类完成转变。

辛德看着博士，用眼神征求他的意见。博士默契地点了点头，走到门口放哨。她把能量枪随意地挂在身上，双手抓住管道，猛地向下一拉。重复三次后，她扯断了将近一半的管道。接口处断断续续地喷出可怕的黑色液体，犹如从伤口中喷出的鲜血。她将断裂的管道丢在地上，泄愤似的重复之前的动作，不一会儿就把所有管道都扯了下来。

随后，辛德蹲在装有人类女性的玻璃戴立克前，望着她的眼睛。女人空洞的目光锁定在辛德身上，令人毛骨悚然。"安息吧。"辛德说完，起身去找在门口盯梢的博士。

"我们去看看其他地方吧。"博士说。他刚一踏出房间，又立刻缩了回来，胳膊直直地拦住辛德，差点将她撞翻在地。他小声耳语道："戴立克来了。"

他们退回房间，一人一边贴紧墙壁，等待它走过。三个戴立克滑动着行进，没有发出任何响动，眼柄左右摆动，吸盘臂不停地抽动着。

辛德屏住呼吸，满脑子都是戴立克冲进来的画面，害怕它们会发现孵化室的异常。谢天谢地，它们似乎没有察觉，而是继续向飞船深处走去了。

直到博士示意她一切安全后，辛德才敢恢复呼吸。等确定不会有人听到他们的声音后，她问道："戴立克生活在这种地方吗？我是说，这里是它们的家吗？"

"这要看你怎么定义'生活'了。"博士说，"它们不吃不喝，也不用睡觉，更没有友谊和陪伴的概念。它们只会冥顽不灵地追求终极目标——消灭除自己种族以外的其他所有生命。"

"好吧，我懂了。"辛德扯起嘴角，露出淡淡的笑容。

他们继续顺着走廊往前走。博士边走边说："驾驶舱是战舰的核心区域，大部分戴立克都会聚集在那里。相比之下，其他地方我更感兴趣。"

他走到另一个房间门口，大门感应到他的靠近而立刻升起。里面的腐臭味儿同样令人作呕，不过，这里的实验显然是针对变种的。

滑翔仔的外壳散落在地上。从强化玻璃罩里取出来的人形躯干，被放在了金属平板上。切除的器官在金属碗里慢慢腐烂，看起来就像进行了一半的尸检现场。七零八碎的戴立克组件也堆在地上：一根细长的眼柄、一颗装有四个辐射阀的金色圆顶，还有一块外壳基座，透明的半球形传感器闪烁着诡异的蓝光。

"难道传说是真的？"辛德捂住嘴，将视线从尸体上移开，"这该不会是时间领主操纵戴立克进化的证据吧？"

博士耸耸肩，"你的说法不无道理，不过，戴立克可比时间领主极端多了。事实上，那个传说启发了戴立克，让它们在自己身上做实验。"

辛德大惊失色道："你是说，这是它们自己干的？"

博士点点头，"这是优化育种项目。戴立克潜入平行世界，篡改自己种族的DNA，从而培育出完美的杀戮机器以对抗时间领主。"

"时间领主是有多可怕，才能激发戴立克做这种事？"辛德问道。

博士不敢与她对视，眼睛瞥向别处，"这艘飞船只是实验室，没有我要找的东西。我们去其他战舰上看看吧。"

还没等辛德开口，博士就已经顺着走廊走远了。现在还不是谈心的时候，这么做只会把敌人招来。于是，她抬脚追上博士。

他们继续打探，意外发现一条通往上层的斜坡。这时，戴立克模糊的声音从身后的出入口传出，迫使二人赶紧跑了上去。

上层的构造跟下层的差别不大，斜坡顶端正对着一个敞开的巨大舱口。临时架设的廊道从这里延伸出去，连接着对面的一艘战舰。四米宽的廊道仅由一条光滑的金属板构成，两侧没有扶手。戴立克似乎只是敷衍了事，完全不考虑安全性。

辛德一寸一寸地挪到舱口，向下瞟了一眼。从这儿掉下去可不得了，毕竟她又不是戴立克，没法儿用推进器稳住身体。

下方的地面空无一人，戴立克和人类奴隶都到其他战舰上去了。经博士仔细确认，对面的舱口附近也没有戴立克。

辛德看见博士来到舱口，便轻声对他说："这么做不太安全吧？"

"没事，你可以的。"博士安慰道，但听起来不是很有把握。他用鞋尖踢了踢金属支架，然后小心翼翼地迈出两步，检查廊道是否能承受住自己的体重。"你看，没问题吧？"说罢，他朝对面的战舰走了过去。

辛德发觉站在舱口极不安全，只好跟着他走上廊道，眼睛尽量不往下看。她盯着博士的后背往前走，感觉自己没那么害怕了……

等他们意识到脚步声有多突兀时，已经来不及退回去了。在寂静的指挥站内，行走在金属板上的每一步都像枪声一样响。博士走到半道停下来，回头看向辛德，压低声音说："加快速度，戴立克随时可能过来。我们现在太高调了。"

辛德摆出一副"这还用你说?"的表情看着他,然后加快了脚步,尽量在光滑的金属板上保持直立。当她走过最顶端,准备顺着廊道往下时,整个人差点仰面翻下去。她拼命摆动双臂保持住平衡,挂在肩上的能量枪几欲滑出。

"坚持住!"博士将手伸向辛德,尝试了几次才扶住她。等辛德重新站稳后,博士领着她穿过舱口,来到了安全的地方。虽然还待在戴立克的战舰上,但辛德庆幸自己终于踏上了坚实的地面。

她缓了一会儿,问:"怎么没见到什么戴立克?"

"这里的兵力远没有你想象的那么多,大部分巡逻队不会在墨多斯上停留太久,而是被分派到其他战线,或者加入坦塔罗斯诡眼附近的作战舰队。"

"戴立克把墨多斯糟蹋成这样,我还以为有一整支军队呢!"辛德说,"结果我们在指挥站里溜达了这么久,也没见到几个。"

"这就是戴立克的做派:入侵、破坏、撤出。"博士说,"我好像知道它们选择这颗星球的原因了,墨多斯的地理位置离坦塔罗斯诡眼非常近。"

"什么意思?"辛德问。

"还记得我之前提到的时序辐射吗?"博士解释道,"在空中形成极光那个？"

辛德点了点头。

"坦塔罗斯诡眼是时空中的一条畸形褶皱，原本不应该存在。你可以将它看作宇宙中的一个大洞，而时序辐射就是从里面漏出来的。我猜，去物质枪所需要的能量就源自这里。这也说明，戴立克已经找到控制诡眼的方法，并使其为自己所用。"

辛德不由自主地抬起头，仿佛在寻找那只"眼睛"，可眼前只有飞船的天花板。"那人类奴隶呢？"她说，"戴立克为什么要把他们关在这里？"

博士耸耸肩，"不外乎两种可能：要么把他们改造成新的戴立克变种，要么用他们来测试武器。"

一时间，血淋淋的真相让辛德难以接受。在她看来，对生命的漠视是不可饶恕的罪行。"它们是不是打算在螺旋星系的其他星球上也这样做？"

"大概率如此。"博士说，"它们还可能命令人类去开采矿物和贵金属，以扩充战备物资。除了屠杀以外，戴立克的计划并不难猜。"他抚平前襟，"走吧，以后有的是时间慢慢聊。"

第二艘战舰的内部构造与之前那艘几乎一模一样，唯一的区别是：刚进来就能看到一整排大门直冲着他们。

"我需要找到它们的电脑终端，不如就去……"他来回摆动手指，"这边看看吧。"他煞有介事地走向其中一道大门。

门自动升起,里面的空间十分宽敞,还有许多通往临近房间的小门。这里仍然是一间实验室,墙上装着九台监视器,上面的复杂数列在淡绿色背景下变换成了扭曲的双螺旋。不少手术工具和设备摆在两张桌子上,看上去令人不安。幸好这次没看见什么戴立克残骸,辛德长吁了一口气。

"守好大门。"博士叮嘱道。他走到监视器前敲击屏幕,将一堆奇怪的符号合成犹如天书一般的图案。

"你看得懂吗?"她问。

"一点点。"他心不在焉地回答道,专注于眼前的数据。不一会儿,一幅示意图出现在屏幕中央,似乎绘制着一栋巨型建筑的架构。辛德心想,这该不会是战舰或指挥站的地图吧?

她将枪横在胸前,守住门口。这里既可以监视外面的走廊,又可以观察舱口的情况。她看上去信心十足,其实心虚得很,心脏怦怦直跳,手掌冒着冷汗,肾上腺素也开始飙升。

"比我预想的还要糟糕。"博士突然开口了,"它们在克隆戴立克……"辛德回过头,发现博士仍然背对自己,继续读着屏幕上的信息。

"那道门后面就是孵化场。它们打算大批量繁殖戴立克,以便将其全面改造成新范式。"博士转过身,以确认辛德在听他讲话。

"那种配有去物质枪的新范式吗?"她问。

"没错。"博士继续说,"除此之外,它们还在研发其他东西。"

"什么东西?"她问。

"一种毁灭星球的超级武器。"博士说,"戴立克打算把坦塔罗斯诡眼变成巨型能量炮,从而毁灭迦里弗莱。"

"这意味着什么?"辛德问。

"意味着万物的终结!"博士咆哮道,"迦里弗莱将被彻底抹去,历史的长河中再也找不到时间领主存在过的证据。宇宙将陷入绝境,统治权将集中在戴立克手中。"辛德第一次在博士脸上看到焦虑的神色。

"我们该怎么办?"

"先给它们找点事情做。"博士点击屏幕上的图案,打开了位于辛德右侧的一道门。

她赶紧转身,架起枪瞄准房间,担心会有戴立克从里面冒出来。可是,什么动静也没有。

房间两侧陈列着透明的大缸,里面盛着淡蓝色的液体。冒着泡的液体表面漂浮着成百上千个样貌丑陋的生物:个头不大,通体绿色,长着一只苍白的眼睛,有着蠕虫般的肥大触手和尖钩状的爪子。辛德只看了一眼,就恶心得说不出话来。

"这些是什么玩意儿?"她的言语间满是憎恶之意。

"卡里德人的变种。"博士走到她身边说,"它们很快就可以放进戴立克外壳中了。"

"这就是戴立克真实的样子?"她忍不住再次凑上去,"形象这么糟糕,难怪要躲在里面。"

博士开始摸索地上的金属格栅。

"你在干什么?"她问。

"弥补我之前犯下的过错。"只见他用手拨动操纵杆,又移开一小块板子,在一堆彩色软管中翻找起来。

"啊,就是这根。"他抓起一根软管说。

"这是什么?"

"冷却液管。"博士使出蛮力,徒手将软管扯断。白色的冷气从破损的端口喷出,在温暖的空气中化为液体,飞溅在地板上。刹那间,警报在战舰某处响起,蜂鸣声回荡在空旷的走廊上。

"它们会被活活烫死。"辛德指出,语气里没有责备。液体的温度逐渐升高,变种痛苦地蠕动起来。

博士冷冰冰地盯着辛德,"这不是我第一次来到这里。"他的声音疲惫不堪,似乎苍老了几个世纪,"以前,我曾面临同样的选择,但最终迟疑了。如果当时我鼓足勇气果断下手,事情就不会发展到今天这种局面。如今,我的观念发生了变化。为了完成使命,我要抛下所有顾虑。"

从博士冰冷的话语中,辛德听出了他内心的纠结。博士在说服她的同时,似乎也在说服自己。

"你确定吗?"她说。

博士点点头,"别管它们了。"他离开房间,径直走进另一间房。这间像是储藏室,里面存放着各种戴立克组件:吸盘臂、半球形传感器和枪杆。博士走近摆放着黑色炮筒的架子,发现这些武器和新型戴立克的一模一样。

他抓起其中一个掂了掂分量,又翻过来检查能量装置,然后对辛德点了点头,显然很满意手里的武器。"我们该走了。"他说。

在没完没了的警报声中,他们来到了走廊。突然,前方不远处出现了戴立克,辛德吓得直往后退。

"站住,入侵者!你们将遭到消灭!"

"蠢货才听你的。"就在博士扣动扳机的瞬间,辛德扑向一边,为光束让开道路。

伴随着一阵噼啪声,红色光束像蚕茧一样包裹住戴立克的外壳。它连连后退,尖叫道:"清除!清除!"

有点不对劲,能量炮似乎对戴立克没什么影响,这一点大大出乎博士的预料。光束非但没有渗透进去,反而消散在了空气中。片刻之后,微光完全褪去,戴立克竟然完好无损。

博士放下武器,"能量炮对它们不起作用。"

戴立克随即发起反击,不断射出死亡射线。博士向前扑倒,肩膀撞上墙壁，双膝着地跪在了地上。死亡射线在墙壁上留下一道焦黑的痕迹。

"这个总能起作用吧？"辛德举起自己的枪，扣下了扳机。戴立克的圆顶瞬间被击穿，眼柄失去活力，外壳残骸撒满了走廊。

"完了，这回它们想不发现我们都难。"博士说道。战舰深处的戴立克齐刷刷地呼喊起来，在警报声中蠢蠢欲动。

"听你说一句'谢谢'可真难。"她边说边扶起博士，"先说清楚，我只是不想欠你人情而已。"

博士扬起嘴角，听见戴立克的声音正在不断逼近，又催促道："快跑！"

二人直奔舱口，站在十米高的廊道上俯视指挥站，一眼望见无数戴立克从周边的战舰中拥出。如果径直跳下去，他们非死即伤；即便安然无恙地落在地上，也等于是自投罗网。

"回之前那艘战舰上！"博士一把抓住辛德的胳膊，跑上了廊道。

"消灭！"死亡射线与他们擦肩而过，差点击中博士夹克的后襟。

他们飞速朝对面的舱口冲去，却被一个戴立克挡住了去路。辛德毫不犹豫地扣动扳机，爆炸的冲击力将戴立克推回了舰内。其他戴立克升至半空，朝他们连续射击，发出尖厉的声音。二人不管不顾地往前跑，仓皇地冲进了舱口。令人难以置信的是，他们竟然毫发无损。可即便如此，博士和辛德也高兴不起来。

又有两个戴立克顺着廊道追来，却被博士推出的外壳残骸拦了下来。他领着辛德朝反方向跑去，绕了一圈才找到来时的路，然后回到了下层。

等他们冲到外面的空地上时，至少还有十个戴立克直奔而来。单凭辛德一人之力，根本不可能把它们全部干掉。可是，博士手里的枪又像鸡肋一样压根儿没用。

前方聚齐了辛德见过的古铜色戴立克以及滑翔仔、蛛形变种和新型戴立克三个变种。除此之外，一些她从未见过的戴立克也出现了——有的通体黑色，有的蓝顶银身，有的纯白如幽灵——每一种都杀气腾腾。

她举起枪瞄准敌人，发誓要拿下半数戴立克。

"小心廊道上面！"博士吼道。

辛德向上一瞥，恰好看见三个戴立克正准备飞下来。她掉转枪头，连开三枪——不是冲着戴立克，而是瞄准它们所在的临时廊道。金属板瞬间扭曲，戴立克失控地晃动起来。随着第四声枪响，廊道断成两截，三个戴立克直接砸向正下方的同伴。这次的飞来横祸导致其中两个被压塌圆顶，歪七扭八地倒在地上，彻底失去了行动力；至少有五个戴立克也遭受无妄之灾，在空地上打转，武器不分敌我地狂轰滥炸。虽然骚乱的程度不严重，但足以为博士和辛德赢得逃跑的时间。

"我们在城墙边会合。"博士说,"我去引开它们。"说完,他朝反方向跑去。

"那些奴隶怎么办?"辛德喊道,"难道就不管他们了吗?"

博士犹豫着停下脚步,面露苦色,似乎在挣扎是否要冒这个险。"该死的!"他大声地说,"你先拖住它们!"他转身冲向空地的斜对角,直奔关押人类奴隶的那艘战舰而去。

等博士冲上坡道后,紧随其后的辛德突然停下脚步,转身对剩余的三个戴立克喊道:"来啊!来抓我啊!躲在罐头里的蠢货!"

就在她准备射击的时候,一艘战舰发生了巨大的爆炸,夹杂着火苗的黑烟从飞船顶部喷出。地面隆隆作响,震得她全身发麻。三个戴立克见状立刻转身,发出各种命令。辛德反应过来,一定是孵化场因为遭到破坏而超负荷运转,最终超过了临界值。

正当戴立克自顾不暇时,辛德抓住机会,开枪炸毁了它们的圆顶。然而,除掉这几个之后,还有更多的戴立克不断拥来。她知道自己撑不了多久了。

"博士!"辛德脱口而出,看见人们从坡道上飞奔下来,跑到了儿童游乐场上。他们的人数多达数十人,之前的牢房想必非常拥挤。

博士在坡道顶端朝人们大喊："冲啊！你们得救了！不要错过反击的机会！"

得到解救的人类斗志昂扬，立刻向戴立克进攻。尽管手无寸铁，他们仍然撂倒了敌人。更多的戴立克蜂拥而至，在空中冲人群一顿狂轰滥炸，然而，反抗精神早已被激起，人们岂会因此退缩？

"这场面简直令人难以置信。只要决心坚定，人数再少也不容小觑。"辛德转过身，发现博士已经来到自己身边。他一手拿着去物质枪，一手抓着用来打开牢房的音速起子。"辛德，此地不宜久留。我们去正门，想办法从那儿离开。"

看到人类同胞完全压制住了戴立克，辛德感到兴奋不已，放心地跟着博士撤退。他们肩并肩飞奔起来，拐进小路，朝正门冲去。

博士果然料事如神。指挥站乱成了一锅粥，戴立克根本无暇顾及正门。辛德懒得去想开门的方法，直接用枪轰出一个大洞，带着博士钻了出去。

不一会儿，博士和辛德便回到了城外的废墟上。在他们身后，戴立克指挥站熊熊燃烧，橙色的火光照亮了安多尔的上空。

二人毫不停歇，一路直奔塔迪斯，最终回到了蓝盒子硬着陆时撞出的大坑边。他们跑得筋疲力尽，上气不接下气。

蓝盒子依旧滑稽地侧翻在地上，戴立克的残骸躺在马路边。对辛德来说，塔迪斯意味着安全感和远离战争的机会，现在，它还有了新的含义——解放。从天而降的博士给了她看待世界的全新视角，让她开始重新思考哪些是"可为之事"。尽管现阶段的胜利只是沧海一粟，但他们的的确确解放了一批人类。

辛德心怀感激地跳入塔迪斯，为即将出现的方向变化做足了准备。然而，她在落地后跌跌撞撞地倒向一侧，像个醉汉一样晕头转向，最终借助栏杆才站稳了脚跟。她一下子跪坐在地上，将手里的枪一丢，紧紧地环抱住自己，感到如释重负。泪水涌入眼眶，她强忍住眼泪，一边吸鼻子一边揉眼睛。

博士将身后的门关上，手里仍然拿着去物质枪。

"你怎么还带着它？"她说，"这玩意儿对戴立克没有用。"

博士低头看了一眼，把枪扔在地板上，发出哐当一声，很久之后才安静下来。"我得把它带去迦里弗莱，让其他时间领主看看我们到底在对抗什么样的武器。"

辛德愣住了，"可你答应要带我远离这里，远离战争。"

博士点点头，"没错，我会把你带到安全的地方，我保证。可是，在我从迦里弗莱回来之前，你得先待在这里。时间武器一旦部署完成，戴立克很可能终结战争，甚至终结整个宇宙，任何地方都不会再有安宁了。"

"那我跟你一起去。"辛德倔强地说,"你不能把我一个人留在这里。"

博士摇摇头,"我向来喜欢独来独往,没时间照顾流浪的迷途少女,你跟着我只会碍事。"就在他转身的那一刻,辛德一跃而起,抓住了他的胳膊。不对,博士撒谎了,慌乱的眼神暴露了他内心的真实想法:她竟然比戴立克更让他不安。

"没门儿。"她说,"我说过要帮你,想甩掉我可没那么容易。"

两人目光交会,沉默地对视了一会儿,谁也不愿让步。

最终,博士败下阵来。"好吧,好吧。"他举起双手投降道,"带上你也行,但这么做不过是权宜之计,因为我没工夫管你。"

辛德笑了笑,说:"这句话该由我说吧,博士。"

"我说过了,我现在不叫那个名字。"他皱起了眉头。

"但你今天的所作所为证明你配得上这个名字。"辛德说。她慢悠悠地走到控制台边,看着博士拉动操纵杆并按下一闪一闪的按钮。"话说回来,你不打算教我驾驶塔迪斯吗?"她问。

"别得寸进尺啊!"博士说着,让塔迪斯飞了起来。

8

"报告!"一个戴立克轻巧地走进永恒圈的谒见厅,眼柄一一扫过五名成员。"戴立克在墨多斯的行动遭到破坏,"它说,"安多尔的指挥站遭到摧毁。"

"解释!"正对入口的戴立克怒吼道。

"人类叛乱,奴隶逃跑,孵化场遭到摧毁。"

"戴立克祖源情况如何?"

"克隆种难以继续存活。"

"不重要!"另一名永恒圈的成员说,"测试已经结束,新范式已经成型。传令下去,坦塔罗斯螺旋星系的其他祖源即刻开始繁殖。"

"我服从!"

"此次行动是否有时间领主参与?"正对入口的那名成员问道。

"有!"那个古铜色的戴立克回答道,"根据指挥站传来的消息,掠夺者已现身墨多斯,我们已确认他的塔迪斯释放的能量标志。"

"太好了,计划已接近尾声!"永恒圈成员发出古怪的咯咯声,似乎是在放声大笑,"不久后,掠夺者将亲自带领戴立克夺得最终的胜利。他很快就是我们的一员了。"

II

迦里弗莱

9

卡拉克斯佝偻地坐在书桌前，百无聊赖地用食指戳着屏幕，上面滚动着无数份来自前线的战报。此时此刻，时间领主和戴立克正在不计其数的战线上作战。

他随意点开一份，在屏幕上放大，粗略地扫了一眼开头。他懒得去看这是哪个时期的战报，反正内容相差无几——邪恶的卡里德人的变种已经将魔爪伸向了迦里弗莱的每一条时间线。

故事不断重演，每份战报都以同样的结局收尾。无论时间领主的围攻多么猛烈，无论塔迪斯摧毁了多少艘戴立克碟形战舰和隐形战舰，敌人总是源源不断地拥上来。最可怕的是，戴立克竟然能够以惊人的速度进行自我复制。老奸巨猾的戴立克将祖源播种到未被战争摧残的时间段，通过克隆来制造军团。它们伺机而动，为了等待合适的机会不惜休眠数年。作为现有兵力的强大后援，克隆种在迦里弗莱的动荡时期打得时间领主措手不及。它们还尝试灭绝迦里弗莱的史前原始生命，从而阻止时间领主的诞生。

对于戴立克而言，生命是廉价的替换品——这种信念给它们带来了优势。时间领主有十三条命又如何？卡拉克斯思忖道，一旦戴立克取得胜利，这些生命将变得毫无价值。

卡拉克斯叹了口气，感觉今天的长袍和颈饰格外沉重。尽管目前战况胶着，但戴立克迟早会打破僵局。他有种不祥的预感，时间领主的所有努力和辉煌战果终将是枉然的，末日将如同利刃一般悬在他们的头顶上。

随着一阵哔哔声，更多的战报蜂拥而至，需要汇总后呈给总统。身兼数职的卡拉克斯实在是分身乏术，但又不能指望战报自己飞到总统那儿去，只好点开了屏幕。他一靠在椅背上，头顶上方就响起尖锐的警报声。卡拉克斯的肩膀瞬间垮了下来，他心想，又出什么事了？

开门的微弱声响夹杂在嘈杂的警报声中，他一抬头正看见官署卫队的一名警卫着急忙慌地跑进来，气喘吁吁地停在书桌前。

"怎么回事？"卡拉克斯厉声问道，"外面在嚷嚷什么？"

"报告长官，突发九级事件。"警卫上气不接下气地说，语气中透着焦急。

"九级？"卡拉克斯问，他总是记不清这些级别的含义。

"一艘未经授权的飞船企图在环形大厅中现形。"

"什么？"卡拉克斯的音调骤变，"它是怎么避开天空战壕和转导屏障的？"

警卫一脸茫然地看向他,"我不知道,长官。这……这不……不可能。"

"怎么不可能?"卡拉克斯嘲讽道。他将屏幕放到一旁,站起身来,"通报城主,让他立刻集结军队。要是真让入侵者闯进来,后果将不堪设想。"

"城主已经在着手安排了,长官。"警卫说,"正是他派我来通知您的。"

"那就好。"他喃喃地说。

警卫仍然一脸期待地看着卡拉克斯。

"怎么?还有别的事吗?"

"城主请您过去一趟,长官。"作为中间的传话人,警卫感到浑身不自在。

卡拉克斯叹了口气,"好吧。"

他跟着警卫来到走廊上,后者无数次想加快脚步,可他仍不紧不慢地走着。显然,卡拉克斯对城主的召唤并不感兴趣。

宽敞的走廊尽头立着一扇大门,当二人靠近时,门自动上升,呈现出一幅壮观的景象——国会大厦的中心地带。这是时间领主文明中最令人惊叹的城堡,喇叭形基座耸立于众人上方,顶端不断收窄,几乎直插云霄,与众多塔尖和通信阵列一起会聚在穹顶之下。熠熠生辉的穹顶如同一弯新月横跨天空,将周围染成淡橙色。

一座没有栏杆的巨型塔架连接着主教的居所和城堡入口，下方是护城河一般的深沟。卡拉克斯和警卫刚通过塔架，便瞧见前方已经集结了不少士兵。看来，城主正严阵以待。

卡拉克斯心想，难道战争终于要降临国会大厦了吗？难道戴立克突破时间领主的层层防线了吗？虽然这种情况不太可能发生，但又是谁厚颜无耻地硬闯进来呢？恐怕只有疯子才能干出这档子事。

直到此时，卡拉克斯才终于意识到传话的警卫为何如此慌张了。他连忙加快脚步，从围得水泄不通的军队中穿过，一边挤一边喊着叫他们让路。在迦里弗莱议会厅的环形大厅内，人群吵吵嚷嚷的。

"让开！"护送的警卫大声喊道，"快给主教让路。"卡拉克斯不免对他多了几分赞赏。围观人群听到后纷纷避让，其中一些是警卫，另一些则是凑热闹的下属。

卡拉克斯捋了捋长袍，沿着中央走道大步迈了进去。城主正在清理环厅中央的一片空地，几十名警卫手持武器把守在四周。看见卡拉克斯进来，城主直接问道："你通知总统大人了吗？"语气如同打招呼一般。

"你挺早啊！"卡拉克斯说。

"该死，卡拉克斯，严肃点！你到底有没有通知总统大人？"城主的脸涨得通红。

"还没有。"卡拉克斯回答道,"总得让我知道说什么吧。到底怎么回事?警卫说发生了什么九级事件,他肯定在胡说八道。你工作一向负责,怎么可能任由这种事发生?"

说完场面话,卡拉克斯内心一阵窃喜。如果敌人真的突破了城堡的防线,他必须把替罪羊推出去。他的一贯作风是第一时间把罪责都分出去,最好自己能摘得干干净净。

城主恼火极了,"我们也想拦住它啊!真不知道那是何方神圣,竟然一个接一个地穿过了所有防线。你必须马上通知总统大人,让他立刻撤离国会大厦,万一敌人全副武装而来呢?"

卡拉克斯盯着城主,没有看到任何夸大其词的迹象。看来,他是真的心急如焚。"好吧。"卡拉克斯叫来一名警卫,"你知道总统大人的房间在哪儿吗?"

"知道,长官。"警卫双眼圆睁,相比于随时可能出现的敌人,他显然更害怕拜见总统。

"很好,我需要你去——"他的话还没说完,就被一阵低沉刺耳的哀号打断了。喧闹的人群立刻噤若寒蝉。

"太迟了。"城主说,"敌人已经来了。"

卡拉克斯转过身,看见左侧的空气中逐渐显现出不速之客的身影。空地四周的警卫端起枪,随时准备开火。他认出了那个声音,一个可怕的猜测浮上心头⋯⋯

哀号逐渐变成低沉的呼哧声,随着最后一声喘息,飞船终于穿过所有防线,从时间旋涡来到了环形大厅。这一刻,所有人都静默地待在原地,连大气都不敢喘。那是一个巨大破旧的蓝盒子,上面醒目地写着"警亭"二字。

"哦,"卡拉克斯厌恶地摇了摇头,"果然是他。"

"我们到了。"博士说。

"这儿就是迦里弗莱?"辛德问。

一想到自己即将参观时间领主的故乡,好奇、兴奋和恐惧齐齐涌上她的心头。她感到忐忑不安,既担心时间领主不会接受自己人类难民的身份,又不敢奢望他们会张开双臂欢迎博士。毕竟,博士从没说过他们的好话。

不管怎样,她总算是离开了墨多斯。既来之,则安之……

博士粲然的笑容挂在嘴角,"是的,这儿就是迦里弗莱。不过,我的出场方式可能让他们有些惊慌。"他弯下腰,拿起靠在椅子边的去物质枪,"走吧,跟紧我。"说罢,他信心满满地朝门口走去。

辛德瞥了一眼栏杆旁的戴立克能量枪,犹豫自己是否应该带上它,想了想还是放弃了。万一时间领主们动不动就开枪,她还是别给他们发挥的机会了。

于是,辛德耸了耸肩,匆忙跟着博士走出塔迪斯。

不料,刚一出现在大厅里,他们就被迫举起了双手。一群警卫身着红白相间的制服包围住他们,手中的武器可不像是致人眩晕或令人丧失行动力那么简单。

"真是别开生面的欢迎仪式啊!"她慢慢挪到博士身边,"想不到你还挺受欢迎的。"

不过,博士的关注点既不在她这儿,也不在警卫那儿。他盯着人群中的某个方向,喊道:"卡拉克斯,拉瑟隆在哪儿?"

那个人穿着时间领主的传统华服——一顶无边便帽、一身长袍和一件花哨的粉紫色颈饰——看起来非常古怪。"博士,你不能老是这样乱来。你得遵守安全协议。"想必这位就是卡拉克斯了。

"直到现在你的关注点还在协议上?"博士轻蔑地说,"这场仗不输才怪。"

卡拉克斯不理睬他尖酸的言论,一脸怒气地说:"你可以像其他人那样从正门进来。"

"但我得引起你们的注意。"博士环视一圈手持武器的警卫,"卡拉克斯,你得承认我这招很奏效。"

卡拉克斯浅浅的微笑里透着精明,"我承认,你确实引起了我们的注意。"

一个站在卡拉克斯身边的人示意警卫放下枪,大厅里的气氛一下子缓和不少。那个人也穿着相似的长袍,不过颜色是橙红色的,肩上没有架着颈饰。辛德放下双手,觉得这一幕有点儿滑稽。

"快告诉我拉瑟隆在哪儿?"博士说。

"总统大人正在处理重要的国务。"卡拉克斯傲慢地说。

"要是错过这个消息,他会后悔的。"博士说着,举起了去物质枪。辛德注意到,卡拉克斯身边的那个人将手放在腰带上,一副要拔枪的架势。

"博士,"她上前一步打断他,伸手压低枪口,"这里的枪已经够多了,你还是先放下这支吧。"

卡拉克斯笑道:"看来你给自己找了个新的……同伴。"他说到"同伴"二字时,表情就像嘴里有什么怪味儿似的,"这又是哪家的流浪儿?"

辛德怒火中烧。卡拉克斯跟她想象中的时间领主分毫不差——刻薄傲慢,自命不凡。

"你得把她留在这儿。"卡拉克斯继续说,"她不能进里面的议事厅。"

"她是我带来的人,进不进由我决定。"博士说,"她是戴立克在墨多斯上行不轨之事的见证人,因此,她的看法很重要。"

"而且,'她'就站在这里。"辛德强调道。两位时间领主盯着她看了一会儿,又开始争论起来。

"拉瑟隆大人不喜欢你这么做。"卡拉克斯发出警告。

"我知道。"博士说,"我不喜欢你,可不也得忍着吗?"

卡拉克斯气得满脸通红，辛德则竭力不让自己笑出声。

"出了事可别怪我没提醒你。"卡拉克斯说，"你们跟我来。"

博士看了一眼辛德，眼睛里闪烁着她从未见过的光芒。看来，他很享受这样的过程。"带路吧，麦克德夫[1]。"博士笑着说。

---

1. 莎士比亚戏剧《麦克白》中的主要人物，因为怀疑麦克白弑君而遭到报复。

10

听见卡拉克斯要带博士去作战室，辛德起初还有所期待，可是，现实却令她大失所望。如果这里是时间领主对抗戴立克的控制中心，那他们的境况或许比她想象的还要糟糕，因为这间作战室过于……呃……朴素了。

整个房间没有配备多少高精尖的设备，看上去平平无奇，至少，她没看出什么玄机。毕竟，迦里弗莱的科技水平远超她的理解范围，相比于人类的技艺，他们的科技更像是魔法。

不管怎么说，这是一间椭圆形的大房间，摇摇欲坠的石柱立于两侧，中间是一张巨大乌黑的桌子。全息图像散发的朦胧蓝光笼罩在桌面上，上面的图案犹如池鱼一般在桌子的漆面下移动，两两相碰又会变幻出复杂的新图案。

她猜测，这就是时间领主的文字——极其复杂又合乎逻辑，足以配得上全宇宙唯一能把迂腐变成艺术的种族。可对于辛德而言，晦涩难懂的文字不亚于一首诡异的催眠曲。

她注意到墙上挂了几块镜框似的屏幕，显示着从塔迪斯上传回的画面。时间领主和戴立克不断相遇,双方的战舰发生爆炸后瞬间毁灭。火光在屏幕上静默地闪过,飞船残骸飘向了冷寂的虚无。她不知道那些画面是实时转播还是战斗回顾,但在这场战争中,这个问题已经不重要了。

辛德有一点没想明白,为什么作战室会隐藏在如此僻静的角落,与环形大厅相距甚远?难道时间领主是有意为之,想把有关战争的所有证据堆在落满灰尘、无人造访的地方,从此眼不见心不烦?

可是,看不见就可以当作一切都没有发生吗?不承认就可以让国会大厦恢复往日的平静吗?此刻,她清楚地意识到,有相当一部分时间领主秉持事不关己的态度,认为这场骚乱会在某天自行终结,而自己无须为此烦忧。

她不禁好奇迦里弗莱的子民会做何反应,尤其是那些应征入伍的士兵:如果他们在战场上拼死拼活,最终却发现自己保护的是腐朽陈旧的制度,是否也会产生事不关己的想法?

不过,博士跟那群时间领主不一样。从他在墨多斯上的行为就可以看出,他并不认同那种观点,否则也不会赶到迦里弗莱发出警告。他想保护自己的族人。

三个人鱼贯而入,坐在桌子边的时间领主没有起身,甚至没有扭头看一眼。这么做是为了彰显权力,提醒他们谁才是发号施令的人。

不知怎的,辛德感觉胃里一阵抽搐。上一刻,她还在墨多斯上与戴立克巡逻队斗得你死我活;下一刻,她已经站在宇宙中最强大的种族面前。

眼前这位就是迦里弗莱的总统,也就是博士口中的拉瑟隆。从侧影来看,他是位精壮的老人,一头短发从乌黑向银白渐渐过渡,五官在蓝光的映衬下格外显眼——突出的眉骨,鹰钩般的鼻子,方正的下颌。他不苟言笑,仿佛身上压着责任的重担。作战室内,空气瞬间变得凝重起来。

"啊,博士,"拉瑟隆并没有将视线从屏幕上移开,声音低沉而平稳,"听说你的出场引发了不小的骚动,如此标新立异的行为真是令人叹服。"接着,他说道:"还好我们站在同一条战线上。"说完,他终于转过头,勉强挤出一个笑容,但冰冷的眼睛没有笑意,"我说得对吗,卡拉克斯?"

"您说得太对了,大人。"他的语气尽显谄媚,令人作呕。

"你的消息很灵通嘛。"博士瞥了一眼卡拉克斯说,"我才刚到这里。"

拉瑟隆笑道:"过来吧。"他招手示意博士上前,手掌闪着微光。辛德这才发现他的左手戴着一副金属手套。

博士走了过去,辛德则留在门口,努力当个透明人。卡拉克斯坐在桌边,选择静观其变。

"任性的孩子,你看那儿。"拉瑟隆指向屏幕,"钢弩舰队焚毁了，塔迪斯爆炸了，许许多多的时间领主丧命于戴立克之手。这是一场关乎生死的战斗。"他叹了口气，"你一直冲在最危险的前线，对战况再清楚不过了。告诉我，博士，到底是什么动力驱使你回到了这里？"

"我带来了一条警告。"博士冷冷地说。

"警告？"拉瑟隆显然被这个回答逗笑了，"真是让人受宠若惊。"他接着问道，"你找到法师了吗？"

博士摇摇头，"他抛下我们所有人，跑去寻找避难所了。我恐怕很难再找到他，至少战争结束之前是不可能了。"辛德听不懂他们在谈论什么。

"法师从原璞裂缝里窥得的信息超出了他的承受范围。"拉瑟隆说，"他为人懦弱，只考虑自己的生死。但即便如此，我也不怪他，因为我们都是一只脚停在悬崖边上的人。"他端详了博士好一会儿，"博士，你是否带来了什么糟糕的消息？"

"恐怕是的。"博士说，"我从坦塔罗斯螺旋星系赶来，眼睁睁地看着普莱达的舰队遭遇戴立克的伏击。"

拉瑟隆大手一挥，"我怀着沉重的心情目睹了最后那段画面。"但辛德并未从他的语气里听出半点悲伤。

博士点点头，"我的塔迪斯在战斗中受损，迫降在墨多斯上。在那里，我发现了戴立克的指挥站。它们利用坦塔罗斯诡眼泄漏的时序辐射，开发出了一种时间武器。"

"诡眼就是那个时空异常体？"拉瑟隆问。

"没错。"博士回答道，"这种武器叫作去物质枪，已在人类身上做过试验。戴立克的前线部队很快就会投入使用了。"

"这件事真是棘手。"拉瑟隆说。

"还不止这些。"博士继续说，"我设法潜入指挥站并访问了戴立克的数据库，发现它们正在利用相同的技术制造一种毁灭星球的超级武器，目标就是迦里弗莱。"

"它们打算让整个宇宙消失得无影无踪啊！"拉瑟隆说，"博士，我不得不承认，戴立克的才智让我眼前一亮。"

"我们不能坐以待毙，必须马上采取行动。"博士催促道，"时间领主种族离你口中的悬崖已经越来越近了。"

听完博士的话，拉瑟隆不禁笑了起来。"卡拉克斯？"他说。

"什么事，大人？"

"安排下去，一小时后召开至高议会的紧急会议。届时，博士和他的同伴将报告他们的所见所闻。"拉瑟隆笑着看了看博士。

"遵命，大人。"卡拉克斯回应道。

辛德突然有种强烈的预感，觉得博士亲手将自己推向了另一个埋伏圈。

卡拉克斯带领他们来到议事厅。博士拿着去物质枪率先走进去，辛德则被一只手按住肩膀，不得不停下脚步。她转过身，发现卡拉克斯正低头看着自己。

"你跟我一起在角落里站着。"说完，他用力将辛德推向左边的墙角。

尽管十分不情愿，她还是乖乖地走了过去。"好吧，我知道了。"她将双臂交叠在胸前，尽可能与眼前这个可恶的时间领主拉开距离。"看来，只有位高权重的时间领主才配坐在椅子上。"她戏谑道。

卡拉克斯瞪了她一眼，但没有说话。辛德一边关注会议的进展，一边提防卡拉克斯的行动。

辛德原本对迦里弗莱的议事厅充满期待，但实际上这里远没有她想象的那么浮华：纯白的墙壁搭配光滑的米色大理石地砖，室内的陈设寥寥可数。一张椭圆形会议桌占据着大部分空间，形状和大小跟作战室的相似，不过表面光亮、内嵌金纹。乍一看，桌子似乎并未配备什么高科技设备。除此之外，房间里还摆着一架巨大的金色竖琴，墙上挂着一幅年迈的时间领主奏乐的画像。旁边的平台上配备着计算机接口。

隶属至高议会的时间领主围绕桌子依次落座，身着盛装的拉瑟隆坐在主位，左手握着一根金色的权杖，金属杆又细又长，顶端镶着精美的纹饰。辛德猜测,权杖最初可能是用于某种仪式。

她注意到现场还有一把空椅子,高高的椅背上刻着繁复的时间领主饰印——不知道是否代表此人的地位。

拉瑟隆的左侧坐着一位年轻的女时间领主,乌黑的短发衬托着漂亮精致的面容。她身着华美的紫色长袍,上面饰着白金色镶边,肩上架着宽大的金色颈饰。

在女时间领主对面坐着另外三位议员:其中一位是负责安防工作的城主,辛德曾在环形大厅见过他;另一位年纪较大,留着板寸,黝黑的皮肤上满是皱纹;最后一位年纪虽小,却一头白发,脸上的胡须修剪得十分精细,一双蓝眼睛炯炯有神。后面二人都戴着长及肘部的手套,指关节套满了戒指。

辛德意识到,这次紧急会议更像是一场奢靡华丽的盛典。时间领主们只在乎礼节仪式,而不在乎博士要说的话。她不禁怀疑,如果宇宙的命运真的掌握在这群人手中,她还有没有帮助他们对抗戴立克的必要。

等众人悉数到场后,卡拉克斯关上门,回到了辛德身边。她观察了一会儿,发现他把全部心思都放在总统身上,时刻关注着对方的一举一动。

卡拉克斯觉察到她的目光,转头冷笑一声说:"你的面子可真大,据我所知,你是头一个进入议事厅的人类。"

辛德耸耸肩,"非常时期行非常之事。"

"没错。"卡拉克斯愤愤地说。

议事厅内,拉瑟隆站起身来,用权杖重重地敲击地面,吸引了所有人的目光。"本次会议开始,请博士发言。"

城主靠在椅背上,嘴角噙笑,用寻开心一般的眼神看着博士,"你有什么微不足道的小事值得如此兴师动众?"他的语气中流露出居高临下的优越感。

"微不足道的小事?"博士怒视着城主,"在这个房间里,唯一不值一提的是你的脑袋!"

他把去物质枪咣当一声扔到桌上,吓了时间领主们一跳。他们的反应就像博士把一具动物尸体扔上了餐桌一样,觉得他很没有教养。

博士把双手叠在身后,不停地来回踱步,怒火已经到达爆发的边缘。"醒醒吧!"他说,"现在是战争时期,时间领主已经全线溃败。我们在兵力上处于劣势,却像鸵鸟一样把头埋进沙子,不敢承认全宇宙都知道的事实。此时此刻,戴立克已经将坦塔罗斯螺旋星系占为据点,并向外组建军队。"

那位留着胡子的主教耸耸肩,"再派出一支舰队不就行了?"

博士一拳砸在桌子上,身体前倾凑了上去,自上而下地俯视他,"你以为我们没有派人出去吗,格雷瓦斯?在数量庞大的戴立克面前,时间领主的力量无异于螳臂当车。我眼睁睁地看着普莱达的舰队和战斗型塔迪斯在炮火下化为灰烬,而这场战斗只是冰山一角!这些年来,戴立克占据了十几颗星球,不停地调整计划,组建了大批舰队。"

"我们又不是没打过这样的仗。"城主不屑一顾地说,"戴立克的做法还是老一套:到处组建军队,将可恶的祖源播种到各个时期,利用当地种族制造新的变种。博士,这没什么新鲜的,战争还长着呢。"

"哦?这回还真有件新鲜事,城主。"博士把他的头衔叫得像催命咒一样,"它们利用坦塔罗斯诡眼泄漏的时序辐射,制造了去物质枪。"他指着桌上的武器说,"我亲眼见识过这种武器的威力,它将四名人类彻底从历史中抹去了。"

拉瑟隆身体前倾,凝视着桌上的武器。城主似乎想伸手摸一下,但又改变了主意,看上去神色黯淡。

博士继续说:"你们都知道去物质枪能给时间领主造成什么影响。一旦被击中,你绝无重生的可能,遭人遗忘是唯一的下场。为了避免造成恐慌,我们把自己造的那些枪锁在了武器库里。"他胡乱拨弄了一下头发,"如今,戴立克已经拥有类似的武器。趁我们说话这会儿工夫,它们已经开始大规模生产了。"

格雷瓦斯清了清嗓子,"博士,你见过这种配有时间武器的戴立克吗?"

博士点点头,"没错,而且我见过不止一次。坦塔罗斯螺旋星系俨然成了它们的繁殖基地,我摧毁的那座位于墨多斯上的孵化场不过是九牛一毛。如果我们不尽快动手,这种戴立克将扩散到各个时期——已经发生或即将发生战争的时间线——不会放过一分一秒。届时,一切将成定局,再也无法挽回。"

拉瑟隆靠回椅背,若有所思地用手指敲打着桌面,哒哒哒哒,哒哒哒哒。"继续说,博士,告诉他们真正的威胁。"

"但这只是开始。"博士说,"我在戴立克战舰上访问了它们的数据库。它们计划利用坦塔罗斯诡眼,再制造一种毁灭星球的超级武器。"他喘了口气,"戴立克铁了心要除掉迦里弗莱,将时间领主从历史中全部抹去——我们将不复存在,就像从未诞生过一样。整个宇宙必会落入戴立克的手中。"博士后退一步,怒视着拉瑟隆,"因此,我们必须有所行动。立刻!马上!"

拉瑟隆皱起眉头,"博士,假如因为你的判断有误而导致我们贸然出手,时间领主将会完全暴露。另外,既然我们兵力短缺,如果集中火力夺下坦塔罗斯螺旋星系,就等于将其他地区拱手让给戴立克。"

"我的判断不会出错!"博士铿锵有力地说,"铁证就摆在你的眼前。"他使劲儿一推,把去物质枪滑到拉瑟隆面前,"如果你仍然抱有怀疑,不妨让技术人员检查一下。"

拉瑟隆笑道:"那你说我们该怎么办,博士?你有何高见?"

博士垂头丧气地说："我不知道。戴立克好像在螺旋星系的中心建立了一座指挥站，位于坦塔罗斯诡眼的正上方。我猜，毁灭星球的超级武器就在那里。如果我们想闯进去，恐怕得压上全部身家。那里不仅有碟形战舰驻守，可能还有无数艘隐形战舰潜伏在虚空中。"

"想都别想！"女时间领主说，"我们根本没那么多兵力。"

"我倒有个办法。"城主严肃地说，"我记得奥米加武器库里有件东西。"

一名始终保持沉默的主教突然看向城主，"你是指'此时此刻锁'吗？我们还没有沦落到这种境地吧？"

"不，"城主说，"我指的是'伊莎之泪'。"

博士皱起眉头，"但'伊莎之泪'只能让黑洞坍缩，你怎么会想到……"他沉默下来，脑袋里的思绪快速翻涌，"哦，我明白了……"

"你终于明白了，博士。"城主说，"只要将'伊莎之泪'部署在坦塔罗斯诡眼之中，我们就能永久断绝戴立克时间武器的能量来源。"

"你不能这么做！"博士说，"诡眼附近有十几颗宜居星球，殖民地已经建立了好几个世纪。一旦部署'伊莎之泪'，爆炸产生的冲击波就会肆虐所有星球，数十亿人也将因此丧命。我不允许你这么做！"

"你不允许？"拉瑟隆说，"博士，你太高估你自己了。你有什么资格命令我们该做什么、不该做什么？"

"拉瑟隆，你这是在纵容族人犯下灭绝种族的罪行！"博士反驳道，"这么做的代价太大了，我们一定还有别的办法。"

"那就请你给我们指条明路。"拉瑟隆站起来，握紧拳头，"你特意跑回来，声称时间领主的厄运将至。现在，你却因为同情一小撮人类而希望我们坐以待毙？"

辛德忍不住大步上前，"一小撮？"她受够了这群时间领主漠不关心的态度，"坦塔罗斯螺旋星系是我的家园，那里生活着数十亿人类，比迦里弗莱上所有的生命还要多。我们不是可以随意牺牲的棋子！"

拉瑟隆瞪着博士，"请让你的同伴安静下来，博士。她在这个房间里没有发言权。"

卡拉克斯再次按住辛德，捏得她肩膀生疼。

博士瞥了辛德一眼，露出沮丧的表情。他似乎想上前按住拉瑟隆的肩膀，摇醒那颗冥顽不灵的脑袋。

"求你了，拉瑟隆。"博士言辞恳切，好像憋了一肚子的话，"请再考虑一下。只要你愿意宽限点时间，我一定会想出其他办法的。"

拉瑟隆向在场的时间领主挥了挥手，"散了吧，本次会议到此结束,最终的决定稍后会通知大家。"他抬起头,流露出威胁的神色,"博士,你去瞭望室等候,我有话对你说。"

"那好吧。"博士回答道。

其他成员鱼贯而出,全都刻意避开辛德的视线,不知是出于傲慢还是愧疚。不过,她并不在意究竟是哪种原因,只想让他们的内心受到煎熬。

趁着卡拉克斯去找总统谈话的机会,辛德一下子冲到了博士跟前。看见他一脸愁容地靠在桌边,她知道自己得尽快带博士离开这里。如果继续让他和拉瑟隆、卡拉克斯共处一室,情况只会变得更糟糕。况且,辛德也不想再看见那两个家伙。时间还来得及,博士一定会想到办法的。

"走吧,"她露出满怀希望的笑容说,"带我参观一下瞭望室。"

博士挺直身子,从桌上拿起武器,"走这边。"说完,他头也不回地离开了议事厅。

11

辛德和博士并肩站在瞭望台前,俯瞰整座国会大厦。眼前的景象令人无比震撼:水晶般的穹顶、高低起伏的尖塔、形状各异的建筑群……每一处都令辛德叹为观止。远古神祇般的种族在这里肆意扩张,国会大厦成了时间领主文明的巅峰之作。与蛮荒的墨多斯相比,这里既璀璨耀眼,又令人心惊。

两人沉默了一会儿,博士开口道:"我很久没像现在这样好好欣赏迦里弗莱了,眼前的景象勾起了我对这片土地的爱与恨。"

"有没有勾起你战斗的初心?"辛德问。

博士笑道:"也许有吧。"

辛德眺望着这片辽阔的疆土,对博士的痛苦感同身受。自从戴立克这个共同的敌人出现后,他们便有了相同的目标——即便被逼到绝境,也要拼死保卫自己的家园。

辛德的族人普遍认为,时间领主都是自欺欺人的老古董,他们将手伸得太长了,不仅干涉其他种族的进化和发展,还尝试接管整个宇宙。她的族人还指责说，时间领主被权力冲昏头脑，主动挑起了长达几个世纪的时间大战。更有甚者认为，正因为时间领主的存在，才导致戴立克进化成了如今的杀人机器。

辛德并不清楚这些传言的真假，但她明白自己也会做出同样的选择。如果有一支戴立克大军要把人类从历史上抹除，那她会动用手中的一切武器，战斗到生命的最后一刻。

不过，她虽然同情时间领主的处境，但却无法理解他们的某些行为。在那场漫长而可怕的会议上，他们傲慢无比，漠视生命，对武器将会造成的骇人后果毫不在意。如果按照他们的计划行事，辛德的族人仍要面临灭族的危险。只不过，刽子手从戴立克换成了时间领主。

暮色将至，住宅区的上空亮起了星星点点、若隐若现的微光，从起初的几个逐渐变成几十个，最后扩展到几百个。无数光点慢慢地飘向空中，像萤火虫一样随着微风上下翻飞。

"那些是什么东西？"辛德问，"纸灯笼吗？"

博士摇摇头，"不，那些是记忆灯笼。"

"记忆灯笼？"辛德重复道。

博士看着她，"这是陷入绝境的族人的最后一丝希望。住宅区的时间领主认为戴立克即将兵临城下，要不了多久就会将他们全部消灭。"他叹了口气，一脸倦容，似乎自己也是这么觉得，"所以，他们将自己的思想和记忆都放进灯笼，任由它们在时空中飘荡。时间领主希望记忆灯笼能飞到宇宙的各个角落,让其他种族不要忘记他们。"

"这幅景象太美了。"辛德轻柔地说。她走近窗边,看着越来越多的光点飞入时间旋涡,眨眼就消失了。她不禁好奇,记忆灯笼最终会出现在遥远的过去,还是满目疮痍的未来?

"这一切都是徒劳的。"博士说,"这么做只是在浪费时间。大部分灯笼还没穿过时间旋涡,就会被时序风暴撕成碎片。那些珍贵的记忆只能随风而逝。"

"灯笼承载的是那群时间领主的希望,说不定有一小部分能飞出去呢?"辛德说,"别夺走他们仅有的希望。"她突然感觉到一阵凉意,便交叠双臂抱住自己。

博士露出一闪即逝的微笑,小声地说:"辛德,你是个了不起的人类。"跟她短暂对视之后,疲倦和憔悴重新爬上博士的脸庞。

"我们现在该怎么办?"辛德问。

博士耸耸肩,"等至高议会做出决定。"

半个多小时过去了,辛德急躁地在房间里来回踱步,博士则一直站在窗前眺望昔日的家园。

辛德想起拉瑟隆称他为"任性的孩子",不禁好奇博士到底流浪了多久,以及他是怎么得来这个称呼的。首先,博士肯定不

121

是一个循规蹈矩之人。看看他的外表，看看褪色的皮夹克和围巾，再看看他那造型奇怪的塔迪斯——种种迹象表明，他并不是一位普通的时间领主。直觉告诉辛德，博士是一个有故事的人，而这段故事远比她所知道的更精彩。

她之所以这样认为，或许是因为博士敢于反抗权威，又或许是因为他公然漠视族人过分讲究礼节的行为。虽然他的说话方式不招人待见，但跟卡拉克斯对总统的谄媚奉承相比，博士看起来更正常一些。毕竟，总得有人直言强谏吧。辛德对至高议会发脾气虽然没起什么作用，但至少表明了她的态度。

开门声传来，一名警卫走进了房间。辛德直勾勾地盯着警卫，但后者却对她视而不见。直到博士转过身，他才开口说："博士，拉瑟隆大人唤你去谈话。你可以带上你的……同伴。"

辛德一下子愣住了，因为警卫的语气就像在说她是博士的"宠物"一样。博士应该也意识到了这一点，立即走过来将手搭在她的肩膀上，想让她安心。"走吧，"他低声说，"让我们看看那个发霉的老古董想出了什么办法。"

警卫沿着走廊将二人领到议事厅，自己则站在了门口。辛德发现卡拉克斯不在这里，暗自松了口气。拉瑟隆独自坐在主位上，手中仍然握着权杖。他抬起头，看向走进来的博士和辛德。

"你想好了吗？"博士问。

拉瑟隆眯起眼睛，"别忘了你的身份，博士。别以为你在至高议会里有一席之地,你只是一个叛徒、逃兵。"

"我是迦里弗莱的前任总统。"博士气愤地说。

拉瑟隆对他的话嗤之以鼻,"名义上的总统罢了,而且早已成为历史。你永远理解不了身居高位的意义。"

"恰恰相反,拉瑟隆,我是你们之中唯一清醒的人。"博士拉开面对主位的椅子,一屁股坐了上去,"你打算怎么使用'伊莎之泪'?"

"将它部署到坦塔罗斯诡眼之中。"拉瑟隆回答道。

辛德心率飙升,胃里泛起一阵恶心。他们果真要这么做,不惜牺牲十几颗星球上的所有生命。

"拉瑟隆!"博士怒火中烧,"你这是将数十亿条生命送上绝路!你怎么能做出这样的决定?"

"这些生命对于我们而言算得了什么,博士?"拉瑟隆说,"不过是沧海一粟罢了。人类像病毒一样在宇宙的各个角落繁衍生息,就算死了也会有其他生命接替他们的位置。"

他停顿了一下,锐利的目光落在博士身上,"博士,我们现在讨论的可是时间领主的生死存亡!如若你所言不虚,一旦戴立克完成部署,胜利的天平将向它们倾斜,迦里弗莱和时间领主将彻底从历史的长河中消失,就像从未存在过一样。到了那个时候,你关心的人类会有什么下场?他们只能任由戴立克摆布!博士,如果这些生命能换来我们的胜利,那他们死得其所。"

"拉瑟隆,你清醒一点!"博士随即站了起来,言语间满是愤怒和难以置信,"那可是十几颗星球,你的计划是在灭绝种族!"

"博士,你别忘了,那些星球上也有戴立克。"拉瑟隆说。

"我们不是神,没有权力决定他人的生死。无论你的长袍有多华丽,无论你的姿态摆得有多高傲,"博士停顿片刻,然后冷静地说,"都轮不到你来做决定。倘若我们真的这么做了,时间领主又比戴立克高尚到哪里去?难道你忘记我们最初开战的原因了吗?"

"够了!"拉瑟隆大喊道,唾沫飞溅,戴着手套的拳头狠狠砸向桌子。他站直身体,怒视博士,"博士,这场仗我们必须要打!挨打的人没有选择的权力,唯有奋起反击才能免受灭顶之灾。"

"不,"博士说,"这都是借口。你为了拯救一颗星球,选择牺牲十几颗星球。这种做法是将自己的生命凌驾于他人之上。"

"如果我偏要这么做呢,博士?这难道不是时间领主一族应该肩负起的责任吗?只有活下来,我们才可以逆转戴立克造成的伤害,使时间线重新恢复原状。只有我们才具备这种能力和才智,因此,活下去就是我们的使命。"

博士笑了起来,"哦,拉瑟隆,身居高位的感觉一定非常棒吧？你说话的风格越来越像戴立克了。"

辛德察觉到拉瑟隆咬紧了牙关，双手握拳又伸展开来。"谈话到此结束。"他站起来说，"我再重申一次，这里不欢迎你，博士。收起你那些毫无根据的指控，我们不是冷血动物。我已经决定部署'伊莎之泪'，但请放心，如果有办法在摧毁诡眼的同时不造成任何伤害，我一定会去做的。好了，我要去咨询战争引擎了。"

"那是什么东西？"博士问。

"那是我们的救赎。"拉瑟隆含糊其词地说，"不关你的事，你可以离开了。去过那种居无定所的生活，去管那些低级物种的闲事吧。"

"拉瑟隆，我确实见过不少'低级物种'，但没有哪一种像如今的时间领主这样堕落。"

拉瑟隆伸出食指，用力戳在博士的胸口，"你马上给我滚出去！"

博士向后倒了一下，随后马上站稳。"辛德，我们走。"他说话的时候，目光依然盯着拉瑟隆，"我们已经没有留在这里的必要了。"他后退一步，转身抓住辛德的胳膊，匆匆向门口走去。

辛德回过头，看到拉瑟隆仍站在原地，伸手指着大门的方向。

刚走到外面的走廊,博士立马将辛德拉到一旁。他扫了一眼四周,没有发现警卫的身影。

"怎——"她正准备开口,博士的手指就竖在了她的嘴唇上。辛德皱起眉头,疑惑地看着他。

"我想知道拉瑟隆接下来要干什么。"他耳语道,"要是不弄清楚战争引擎是什么,我的心里就不踏实。"

辛德点了点头,看着博士蹑手蹑脚地走向议事厅门口,停在门框边偷看里面的情况。辛德耸了耸肩,决定加入他。她悄悄走到博士身后,一只手扶着他的后背,伸出脑袋向里面窥视。

拉瑟隆背对着门口,登上一块小平台。他调整参数,然后按下按钮,在耀眼的光芒中倏尔消失了。博士松了口气,转过身站直身体。

"怎么回事?"她压低声音问,"他到哪儿去了?"

"你问了两个完全不同的问题。"博士说,"那是用于物质转移的传送器。"

"瞬间移动?"辛德问。

"差不多。"博士说,"至于他到哪儿去了……"他确认周围没人后,大步走进房间,跳上了小平台。博士在控制台边按下按钮,皱起眉头看着屏幕,"啊,果然不出我所料。"

"怎么了?"辛德说,"别把我蒙在鼓里。"

"他去塔楼了。"博士心不在焉地说着,心里计划着下一步行动。

"好的,我知道了。"辛德将双臂交叠在胸前。

博士的视线离开控制台,落在了她的身上,"辛德,你回瞭望室等我,尽量别惹麻烦。我很快就回来。"

"等等!你要去哪儿?"她问。

"我去找拉瑟隆。"随着一道耀眼的光芒,说话的人瞬间就消失了。

辛德待在空荡荡的房间里,盯着空无一人的平台,"好极了。"

12

一道光闪过,狂风肆虐的荒原上出现了博士的身影。他太久没有进行瞬间移动,愣了好一会儿才缓过神来。

这里荒凉凶险,一度被称为死区。露出地表的岩石经受着风吹雨打,无人维护的野草肆意生长,为各种野兽提供了极佳的藏匿之所。在寻石楠[1]长长的茎秆底下,还隐藏着致命的沼泽。更糟糕的是,这里的洞穴极易坍塌,但若想前往其他区域,其中一些洞穴又是必经之路。

上古时期,时间领主在这里搭起竞技场,将无辜的外星生物从各自的栖息地抓回来,任由它们在迦里弗莱的蛮荒之地相互厮杀。这种暴力的观赏活动与地球古罗马时期的斗兽表演很相似,都是文明尚未开化时的娱乐消遣。不过,现在的时间领主大都不愿提及这段历史。

很久以前,一个疯子把博士的五个化身同时带到这里,想让

---

[1] 一种多年生常绿灌木。

他们进入拉瑟隆之墓，揭开长生不死的秘密。这个疯子其实是博士的老朋友和导师伯路萨，他渴望永生，不愿失去自己的权力。后来，他被骗进墓室，鲜活的意识永久封印在了石棺雕塑中。

在时间大战初期，拉瑟隆被时间领主复活，开始带领族人讨伐戴立克。那时，博士以为他会如上古传说声称的那样，成为一名仁慈的领导者、革新者以及伟大的政治家。后来，他发现拉瑟隆跟其他时间领主一样并非完人；更糟糕的是，他的执政理念早已过时，自命不凡的性格又严重影响了政策的制定。在拉瑟隆的心中，他自己就是神一般的存在，可以做任何自认为正确的事情。

可惜，除了博士以外的时间领主十分享受听从号令的感觉。之前会议上的种种情形，更让博士坚信，事态的发展严重偏离了轨道。现在的问题是，他该如何从中斡旋？

博士站在塔楼脚下，立起夹克领子，若有所思地摩挲着胡子。宏伟壮观的塔楼坐落在死区中心，外墙由厚重的深色花岗岩石板雕刻而成，顶部的金色球体恰好截断了月牙形装饰。这里是博士最讨厌的地方之一，拉瑟隆之墓就在塔楼里面。时间领主初次开展恒星工程的时候，留下了这座野蛮的建筑，也正是那次工程赋予了他们穿越时空的能力。

博士心想，拉瑟隆一定是到这里来了，可他为什么要回到曾经沉睡了几千年的地方？难道早已荒废的塔楼里另有乾坤？是不是连至高议会的成员都被他蒙在鼓里？

只有一种方法可以得到答案。尽管这种方法存在触怒拉瑟隆的风险，但博士实在太好奇战争引擎到底是什么东西。反正，他早就得罪拉瑟隆了。

于是，他大步迈向塔楼的正门。入口处立着两根巨大的柱子，装饰华丽的尖顶上架着铁火盆，亮橙色的火焰正熊熊燃烧。

博士希望辛德在国会大厦里别惹什么麻烦，但从心底里知道不太可能，只求她别把自己整进牢房。辛德是不会让卡拉克斯好过的，不过他也是自作自受。

博士深吸一口气，蹑手蹑脚地走了进去。

塔楼内十分空旷。博士的影子不安地晃动着，被火光拉得老长，使塔楼蒙上了一层阴暗的色调。不过，博士倒是觉得这样正好符合墓室的氛围。

一座石棺位于墓室正中央的高台上，占据了大部分空间。高台离地面只有几级台阶，四角各竖着一根显眼的大理石柱子。灰蓝色的旗帜从天花板上垂下来，看上去残破不堪，落满灰尘，再也不是曾经的华丽模样——破烂的旗帜像极了曾经风光一时、如今却荣耀不再的时间领主。

博士看见拉瑟隆冲进大厅，随风飘动的长袍后襟在大理石地板上掀起一阵尘土。他的权杖不断敲击着地面，脚步声和嗒嗒声在破败荒凉的墓室里回荡开来。

拉瑟隆走到六边形的控制台前,挥手唤醒系统,调出一串图案,然后转向石棺——里面曾经放着他的尸体,更确切地说,他重生前的尸体。

"伯路萨!"他声音洪亮,一副想将死人唤醒的架势,"伯路萨!我需要你。"

博士心想,难道伯路萨还被困在花岗岩的石棺雕塑中?当五位博士被迫进入死区的时候,正是拉瑟隆在这里封印了伯路萨。

随着一阵呼哧声,一块机械平台在博士眼前升起,旋转一定的角度后立了起来,正对着拉瑟隆的方向。他走下台阶,抬头望向运转的平台。为了看得更清楚,博士悄悄走上前去,慢慢地绕到了柱子的阴影里。靴子在地上发出摩擦声,把他吓了一跳,幸好,刺耳的机械声掩盖了一切响动,拉瑟隆并没有回头。

接下来看到的这一幕令博士终生难忘。伯路萨的手腕和脚踝都被绳子绑住,身体呈"十"字形贴在机械平台上。虽然他穿着长袍,但裸露的前胸昭示着拉瑟隆在他身上犯下的罪恶。

伯路萨的身体看上去一团糟。一堆电缆和软管杂乱地伸进胸口,开口处的皮肤苍白皱缩。软管直插胸腔深处,以确保肺部维持充盈,并使其中一颗心脏保持跳动。一顶金属帽戴在他的头上,从后脑勺伸出的电缆与闪着亮光的神经继电器相连。

最可怕的要数伯路萨的那张脸。在重生能量的柔光下,他的脸无休止地变化着，似乎陷入了无尽的循环。他的容貌不断改变，代表着无数次重生，博士只认出了其中几张脸。他那闪烁着光芒的双眸空洞地看向拉瑟隆。

这就是拉瑟隆口中的"战争引擎"。

"伯路萨，告诉我你看到了什么？"拉瑟隆近乎恭敬地问。

"我看到迦里弗莱在熊熊燃烧。"伯路萨有气无力地说，声音嘶哑，"我看到万物走向终结，暗夜涤荡着一切。我看到众生在那一刻不复存在。"

拉瑟隆攥紧了拳头，"那是我们必须改变的未来。博士传来消息说，戴立克制造的时间武器将给我们带来灭顶之灾。"

伯路萨没有说话，而是转过头，仿佛将目光投向了未来。"博士说得没错。"片刻后他开口道，"戴立克的计划即将大功告成。如果我们放任不管，它们就会把迦里弗莱和时间领主从历史上全部抹去。"

"那我们必须采取行动，"拉瑟隆说，"而办法只有一个。"

伯路萨转过头，怪异的眼睛注视着藏在阴影里的博士。难道伯路萨发现他藏在这里了？博士紧张得浑身战栗，担心暴露了自己的位置。

"这里还有一个人。"伯路萨证实了博士的猜测，"出来吧，博士。"

现在逃跑也来不及了，博士只好走出阴影。拉瑟隆转过身，举起了戴着金属手套的那只手，手套闪烁着明亮的蓝光，发出代表能量的嗡鸣声。他弯曲五指，仿佛下一刻就要捏碎博士。然而，拉瑟隆最终还是放下手，任由蓝光褪去。"博士，这里不欢迎你。你这样闯进来，就不怕我杀了你吗？"

博士抬头望向被绑在平台上的伯路萨，"拉瑟隆，你对他做了什么？"

"这是我的杰作——"拉瑟隆大声地说，迫不及待地向博士炫耀起来，"战争引擎。"

"太可怕了。"博士说，"你简直是个怪物。"

"这是来自上天的馈赠。伯路萨为我们预测未来，作为回报，他将欣赏到无数宇宙奇观。"

"他也会看到无数令人惊惧之事。"博士说，"你到底对他做了什么？"

"我让他陷入无限的重生循环，持续的变化使他的时间线变得更加丰富。"

"更加丰富？"博士说，"在我看来，这和牢笼没什么两样。"

"你的想象力很匮乏啊，博士。这台机器使伯路萨摆脱肉身的束缚，释放出真正的潜能。他可以自由地在时空中漫步，在脑海中探索各种各样的现实世界。"

"伯路萨,你感觉怎么样?"博士问。

伯路萨开口道:"我看见了一切。"

"令人发指,拉瑟隆。"博士说,"你这么做是在贬损我们的种族。"

"你错了,博士。伯路萨已经超越万物,代表着我们的未来。他很幸运,是时间领主之中第一个真正获得自由的人。"

博士摇摇头,"你难道不明白这意味着什么吗,拉瑟隆?你对伯路萨的所作所为无异于自我贬低,把时间领主拉到跟戴立克一样低下的水平,离移除同理心和情感只有一步之遥了。接下来我们会变成什么?没有良知的战士吗?"

"你这是杞人忧天。"拉瑟隆说,"我只是改变了一个人而已。"

"许多事情都是从一个人的改变开始的。"博士正色道。

"我只是行自己必行之事,为他人所不敢为。"拉瑟隆说,"伯路萨会理解的,这是他的使命。战争引擎是时间领主的救星,有了他,我们可以看到未来的所有可能,并从中选择最有利的那一种,将命运掌握在自己手中;我们还可以借助他来评估所有进攻方案,确保每一个转折点都能取得胜利,从而终结时间大战!"

"好吧。"博士说,"那你去问问他,部署'伊莎之泪'的办法可不可行?"

拉瑟隆目中无人地看着他,"没问题。"说完,他转向伯路萨,"城主提议将'伊莎之泪'部署到坦塔罗斯诡眼之中,这个办法是否可行?我们能否终结戴立克在该区域的威胁,摧毁它们的时间武器?"

伯路萨摇晃脑袋,发出一声低吟。然后,他开口道:"可行。'伊莎之泪'将关闭坦塔罗斯诡眼,并摧毁戴立克的武器。"

"太好了。"拉瑟隆说。

"不过,这只是缓兵之计。"伯路萨继续说,"黑暗终将到来,时间领主的时代即将走到终点。"

"听到了吗?"博士说,"就连你的杰作都提醒你'伊莎之泪'不是最好的办法,阻止不了戴立克。"

"但这个办法能为我们争取时间!"拉瑟隆说,"我们可以利用宝贵的时间进行备战和筹谋,还可以继续咨询战争引擎。"

"可代价又是什么呢?"博士问,"你口口声声说自己比戴立克更高尚,说时间领主有责任赢得战争,为宇宙带来和平,然而事实上,你不仅对族人进行改造,将其变成战略资源,而且不惜牺牲人类的生命来完成自己的执念。你这么做与戴立克有什么区别?又比它们高尚在哪里?"

"博士,你这番言论听起来像是在替戴立克说话。"拉瑟隆说,"我是不是可以把你看成叛徒?"

"我只是痛恨一切与戴立克一样的行为。"博士平静地说，"我不希望由于这个原因而痛恨自己的族人。"他竭力保持冷静，但每一根神经都叫嚣着想把拉瑟隆摔在地上，让这个白痴尽快清醒过来。

拉瑟隆一言不发，仿佛在思考博士的话。

博士望向伯路萨那张变幻不定的脸，"伯路萨，你有没有办法既能部署'伊莎之泪'，又能保全螺旋星系中的所有人类？"

"没有。"伯路萨毫不犹豫地说，"一旦部署'伊莎之泪'，我看不到任何人类生还的可能。"

博士转向拉瑟隆，"现在你知道该怎么办了吧？"

"博士，我虽然知道这项决定将造成的后果，但绝不会去改变它。"拉瑟隆的想法毫无转圜的余地，"如果伯路萨有两全其美的办法，我可以放你关心的那些人类一条生路。可惜的是，他并没有。既然如此，'伊莎之泪'定然要部署下去。现在是时候付诸行动了。"拉瑟隆走到控制台前，将平台降回石棺中。

博士跟在他身后说："你不能这样做，拉瑟隆，一切都会毁了的。我警告你，一旦行动你就再也无法回头了。"

"木已成舟，博士。"他语气坚定，没有一丝动摇，"走吧，我要跟至高议会再开一次会。"说完，他径直走了出去。

博士痛心地跟着拉瑟隆走出塔楼，一同踏上了传送器。

13

辛德已经在瞭望室里溜达了半个多小时，每踏出一步，内心的沮丧就加深一重。虽然博士让她好好待在这里，不要惹什么麻烦，但老实安分全然不是她的风格。无所事事的状态令辛德很不适应。

她懊恼地哼哼两声，走到窗前眺望外面的城市。此刻，夜幕降临，繁星璀璨。

辛德只在书上读到过有关星星的描述，但之前还从未亲眼见过，直到此刻，繁星终于出现在了她的眼前。在过去的日子里，墨多斯的夜空总是被极光遮蔽。极光趁人们酣睡时飘向苍穹，为辛德编织了五彩缤纷的梦境。现在，她知道那些极光不过是坦塔罗斯诡眼泄漏的时序辐射，也就是戴立克时间武器的能量来源。

一想到这里，辛德就觉得极光莫名地失去了往日的魅力。戴立克夺走了她的所有挚爱，践踏了一切美好。强取豪夺是戴立克的一贯作风，如今，它们的罪恶之手又伸向了天空。

辛德受够了这样的日子。自从跟随博士离开了墨多斯，她再也不允许任何人看轻自己,包括戴立克。

她抬起头,凝视着闪烁的星河。一颗颗星星就像天幕上的一个个小洞,数量之多超乎她的想象。顺着星光望过去,她似乎还能看到来自遥远宇宙的光辉。虽然辛德知道宇宙中的星星不可计数,但当她真正看见时,仍被令人窒息的壮观景象所震撼。不知道还有多少人像她一样,正充满希望地欣赏着这片天空。

等战争结束后,她想跟随博士去其他地方散散心。她看得出来,博士正逐渐被战争拖垮,不得不将自己隐藏在苍老无情、乖戾冷酷的外表之下。她知道博士也需要逃离这里,找回最初的自己。

辛德叹了口气,望向门口。博士要去多久来着?她出去转转应该不会有什么问题吧?毕竟,一个小姑娘能惹多大麻烦?说不定,她能找到什么有用的线索,帮助博士劝说至高议会不要部署"伊莎之泪"。博士一定会阻止他们的。辛德只能相信他,因为除此之外的其他任何办法都是她不愿见到的。

辛德走向门口,心想大门若是上了锁就不出去了。然而,门并没有锁。她推开一条小缝,发现走廊里空无一人。她决定先去作战室和议事厅看看,再往远处走可能会激怒城主和警卫。

辛德走了出去,随手把门带上。不料,一只手突然按住她的肩膀,吓得她尖叫出来。

"你是想出去转转吗?"那个人温热的气息喷在她的颈后,

"可惜不行啊。若是被城主发现,你猜他会怎么说?嗯?"卡拉克斯将她的双手牢牢固定在背后,"要不我们去问问他吧,你意下如何?"

辛德根本挣脱不开这个强壮的男人。"放开我,卡拉克斯!"她说,"博士马上就回来了。"

卡拉克斯仰天大笑,"哦,小姑娘,你以为这样就能吓到我吗?门儿都没有!等他找到你的时候,一切都太迟了。"

"你这话是什么意思?"不安袭上辛德的心头。这个面目可憎的男人究竟在打什么主意?

"哦,别担心。"他小声地说着,用手掌死死捂住辛德的嘴巴,"我只是想做个测试。城主有台机器叫作心灵探针……"

辛德大惊失色,仓皇地踢了卡拉克斯的小腿一脚,他痛得大叫起来,但依旧没有松手。他报复般地将辛德的双手使劲儿向上拽,几乎快把她的骨头折断了,剧烈的疼痛使她昏厥过去。卡拉克斯顺势将神志不清的辛德拖去与城主会合。

"你确定要这么做吗,卡拉克斯?"城主问。他弯下腰,将辛德绑在坚硬的金属椅子上,又紧了紧戴在她头上的头盔,"她只是个人类,搞不好会出人命的。"

"这不重要。"卡拉克斯说,"只要能够得到我需要的信息,她是死是活都不要紧。就算她真的死了,也能让博士长点儿教训。"

辛德渐渐苏醒,剧烈地挣扎起来,但根本挣不开绑带。而且,她刚一进门就被塞住了嘴,现在连呼救的机会都没有。

不过,她没有放弃,在卡拉克斯靠近时用指甲抓破了他的脸,让他流了不少血。然而,短暂的胜利只带来片刻的满足,一想到自己的处境,恐惧再度袭上辛德心头。她被两个男人困在一个密闭的房间里,不会有其他人知道她在这儿。无论怎样挣扎,她都逃脱不了这台机器。

辛德暗自揣度着,不知道他们使用过多少次心灵探针。从卡拉克斯一脸期待的表情来看,他显然嗜虐成性,绝不会放过任何机会。

辛德的对面是一排玻璃屏幕,上面没有任何画面,只传出了阵阵静电噪音。估计等一会儿,从她大脑中提取的记忆就会呈现在屏幕上。

擦得锃亮的玻璃屏幕映出了辛德的倒影:高大的椅子和弱小的身躯形成鲜明的对比,一根根缆线连接着天花板和头盔,犹如在静电作用下竖起来的头发。这幅景象不禁让辛德想起戴立克战舰上的孵化室,她无比希望自己能像之前那样把机器毁掉。

"快点开始吧。"卡拉克斯紧张地盯着门口,担心博士随时冲进来打断他们。

"我已经尽可能加快速度了。"城主回答道,"如果不把参数调好,还没等你挖出什么信息,她的大脑就被烧坏了。"

卡拉克斯将双手背在身后来回踱步,摆出一副独断专横、自命不凡的模样。辛德看见他左脸上的三道血印,忍不住露出微笑。如果她能侥幸活下来,定要给他的右脸也划上三道。

城主退后一步,"准备就绪。"

卡拉克斯不再踱步,转而站到了椅子后面。城主低下头,破天荒地迎上辛德的目光,"我很抱歉,这可能很痛。"说完,他打开了开关。

起初,辛德并没有感觉到不适。左耳后方传来轻柔的嗡鸣声,让她觉得前额暖暖的,还有些发痒。虽然不太舒服,但算不上很痛。辛德看了一眼屏幕,上面依旧是一片雪花。

紧接着,嗡鸣声逐渐变大,吸引了她全部的注意力。她的颅内开始增压,痛感骤然飙升。辛德忍不住咬紧了口中的破布。温度和压力继续上升,让她感觉自己的头骨随时可能炸裂。

辛德晃动身体,视线变得模糊起来。疼痛的感觉就像一道炽热而明亮的白光,既不能被她关掉,又让她的双眼无法躲避。她的尖叫在破布中化为小声的呜咽。

一段段记忆飞快地掠过她的脑海,奇怪的是,它们仿佛失去颜色,变成了一张张古早的黑白照片。记忆毫无规律地闪现出来,东一段西一段,既有她的童年时光,又有在墨多斯上跟人类抵抗军共度的日子,还有最近和博士相处的时光。

她强迫自己睁开眼睛,看着过去的日子以奇怪的顺序循环播放。一张张面孔出现在屏幕上,可她听不清他们到底说了什么。不过,她却能够再次清晰地感受到记忆中的味道和气息。

她看见哥哥像猴子一样蹦蹦跳跳,傻乎乎地冲自己做鬼脸;她看见母亲在家中准备晚餐,父亲在给自己朗读睡前故事;她还看见一家人惨遭戴立克杀害——那些金属怪物毫无征兆地从天而降,四处开火。

五个古铜色戴立克从厨房破墙而入,用刺耳的嗓音发出命令。一开始,辛德并不明白它们想做什么。看见父亲被击倒在地,硝烟从尸体上缓缓升起,她一下子全明白了。她仓皇地跑开,四处寻找藏身之所。

就在戴立克发动突袭之前,母亲刚刚倒了厨房的垃圾。于是,辛德趁乱躲进垃圾桶,惊恐万分地看着戴立克将自己的家宅夷为平地。从此以后,她再也没见过自己的家人,甚至连他们的尸体都没找到。

越来越多的记忆不断涌入她的脑海,令辛德痛苦万分:

科因在击毁变种后,把烧焦的外壳当成靶子,教辛德如何开枪;

辛德跟十二岁的艾什一起学习撬锁,可就在当晚,那个一头金发的男孩就丧命于戴立克的突袭;

某一天,辛德冒着暴风雨躲在楼顶,只待戴立克巡逻队经过时引爆地雷；

辛德想起了自己的患难之交芬奇，在博士从天而降的那一天，他被新型戴立克的时间武器抹去了一切痕迹……

泪水涌入她的眼眶，又顺着脸颊滚落下来。她并不是因为痛苦而流下眼泪，而是因为悲伤。

紧接着，戴立克指挥站的画面浮现出来，她看见博士领着自己在走廊上奔跑，看见戴立克和孵化场陷入火海，看见博士烧死那些克隆种，还看见他穿过废墟奔向塔迪斯。

城主关闭机器，辛德感觉颅内的温度逐渐降低，嗡鸣声也戛然而止。她头昏脑涨地瘫坐在椅子上，断断续续地喘着粗气。一只手贴在了她的脖子上，检查着她的脉搏。"没什么大碍。"城主说着，取出了辛德嘴里的破布。

"可惜了。"卡拉克斯说，"我还等着欣赏博士得知她死讯时的表情呢。"

"他会杀了你的！"她大口大口地呼吸着氧气，"博士一定会杀了你的。"

卡拉克斯笑了起来，"不，他不会的。我们可是老相识了，博士绝不会为了你弄脏自己的手。"

辛德忍受着天旋地转的世界，不愿在他们面前失去意识。那样做太危险了，一旦睡过去，她很可能再也醒不过来了。

"水。"她声音沙哑地说。机器的炙烤在她嘴里留下一股奇怪的味道。

"卡拉克斯，我把这些带子解开，你去给她拿杯水，好吗？"城主说，"你已经证实了博士的话，也知道他在墨多斯上都干了些什么。既然想要的信息已经到手，你就放过这个人类吧。"

"如你所愿。"卡拉克斯气冲冲地走出了房间。

门刚一关上，城主立马开口说："我来帮你。"他动手解开绑在辛德身上的带子，"快点，你要是还有力气就跟我一起解。我得在他回来之前带你离开这里。"

可惜，辛德的力气早已耗尽。她仰起头，看向这个面色通红的时间领主。迟来的帮助有什么意义？软弱的他上一刻还与别人狼狈为奸，下一刻又忽然良心发现——这种人辛德在墨多斯上见多了，他们通常蹦跶不了几天。

城主解开绑带，把她从椅子上抱了起来。"我带你去别处好好睡一觉。"他说，"你就安心等博士回来。"他摇摇晃晃地走向门口，踢开大门，"不过，博士的确跟以前不一样了。他若是知道了这件事，说不定真的会杀了卡拉克斯。"

辛德没有听见他的话，而是放任自己陷入昏睡。

14

博士和拉瑟隆回到议事厅,与等候多时的卡拉克斯撞个正着。只见他一脸焦急地坐在桌边,双手托着下巴,"啊,博士,我正愁找不到你呢。"

"真的吗?"博士说,"没错,我看你是挺发愁的,卡拉克斯。"

他虚情假意地笑道:"既然你和总统大人待在一起,那我的担心看来是多余的。"

拉瑟隆面无表情地走下传送器,"卡拉克斯,立刻召集至高议会,我要下达命令。"他又转向博士,"这里不需要你了,博士,你可以带着同伴离开了。"

"拉瑟隆,你这样做会铸成大错的。"博士说。

"我别无选择。都怪我脾气太好,竟再三容忍你对我出言不逊。快走吧,否则我将让你永远开不了口。别逼我。"他的目光死死盯着博士,一只手攥紧了权杖,似乎想表明自己会言出必行。博士知道拉瑟隆绝非虚张声势——他很容易动怒,也很容易对人动手。

博士壮着胆子与拉瑟隆对视片刻,然后不情不愿地转身离去。看来,他无法说服至高议会,只得另寻他法。无论如何,他都不能任由他们部署"伊莎之泪"。

博士一言不发,脚步跺得震天响,气势汹汹地走了出去。

过了一会儿,博士风一般地冲回议事厅,大声质问道:"你们把她怎么了?!"他咬紧牙关,满腔怒火,"卡拉克斯,她在哪儿?"

齐聚在议事厅的时间领主们纷纷止住攀谈,齐刷刷地望向博士。只见他直奔众人而来,横眉怒目地瞪着卡拉克斯,等待后者给自己一个说法。

此时,卡拉克斯正倚在拉瑟隆左后方的墙上。他装傻充愣道:"你是说你的同伴吗?你不是让她在瞭望室里乖乖待着,等你办完正事……不对,等你跟踪他人之后就回来吗?"

博士一拳砸在桌子上,"别跟我装无辜,卡拉克斯。你以为我不知道你在背地里搞小动作吗?告诉我,她在哪儿?"博士找遍了瞭望室和周围的房间,丝毫不见辛德的踪迹。看来,有人趁他去死区的时候对辛德动手了。

"天地良心,我真的不知道。"卡拉克斯得意地笑了起来,双臂交叠在胸前,"你要是不想把人弄丢,下回可要记得给她套上狗链子。"

幕后黑手绝对是卡拉克斯。博士倒吸一口凉气,感到懊悔不已。当他跟踪拉瑟隆进入死区时,怎么能将辛德孤身一人留在这里?博士本以为让她待在时间领主的国会大厦里会比跟着自己更安全,现在想想,这个想法真是愚蠢。时间领主本应该是一个文明的种族,只可惜,时间大战改变了一切。博士宁愿独自旅行也不愿承担保护族人的义务,就是因为他不确定他们还值不值得被保护。

话说回来,卡拉克斯从不放过任何机会,谋划辛德失踪这件事就是为了给博士添堵。

博士攥紧拳头,掌心的肉被指甲戳得生疼,"我警告你,卡拉克斯……"

这时,城主犹豫不决地站起身,紧张地掩着嘴咳嗽起来。"我知道她在哪儿,博士。"他平静地说,"跟我来。"他拉开椅子,椅子腿在地上发出刺耳的摩擦声,然后走到一架竖琴旁边。所有人的视线都聚焦在他身上,唯有卡拉克斯目露凶光。

城主停下来望了一眼拉瑟隆,见后者仍是一脸淡漠的表情,便将手伸向了竖琴。他一边看着旁边那幅画上的乐谱,一边用笨拙的手指拨动琴弦。博士曾经见过这一幕,立刻意识到发生了什么。

一曲终了,竖琴后方的墙上滑开一道门,里面是一间隐避的控制室。室内一排布满灰尘的控制台和仪表盘正闪烁着微弱的光芒。有一个人躺在椅子上,正是辛德。

博士飞快地越过城主,直奔控制室。辛德双眼紧闭,呼吸急促,脑袋垂在一侧,一缕缕红褐色的头发贴在脸上。博士温柔地扶正她的脑袋,拂开额前的刘海,抚摸着她冰冷苍白的皮肤。辛德的眼皮颤抖了几下,意识依旧模糊。博士摸到她规律的脉搏,终于松了一口气。

"出什么事了?"他轻声问道,"辛德,他们对你做了什么?"

她的嘴唇动了动,断断续续地低语道:"嗯……嗯……"

博士靠过去,耳朵贴在她的唇边,感受着温热的气息。

"心灵……探针……"辛德费了好大劲儿才挤出这几个字,然后筋疲力尽地瘫在了椅子上。

博士怒不可遏地站起来,转身看向那些一脸好奇的面孔。"你们竟然用了心灵探针!"他怒吼道,吓得站在竖琴旁边的城主瑟缩了一下。

博士杀气腾腾地向卡拉克斯径直走去。后者发现大事不妙,立刻绕着桌子打转,尽可能跟博士保持一定的距离。

博士才没工夫跟这个谄媚的蠢蛋玩"猫捉老鼠"的游戏。他一把抽开城主的椅子,猛地翻上桌子,边走边踢开脚下的文件。至高议会的成员们发出一阵惊呼。

卡拉克斯发现自己无处可逃，吓得缩进墙角，眼睁睁地看着博士从桌子上跳了下来。眨眼间，博士两步走到卡拉克斯面前，一下子掐住他的喉咙，将他的身体狠狠地撞在墙上。卡拉克斯的后脑勺磕在墙面上，疼得放声高叫起来。

"卡拉克斯，给我一个不掐死你的理由！"博士吼道，喷溅的唾沫让对方惊惧不已。

"总……总统大人？"卡拉克斯结结巴巴地开口道，眼皮慌乱地颤动着，身体如同蠕虫一般扭动起来。

博士回过头观察拉瑟隆的反应。然而，总统对正在发生的事情完全不感兴趣，似乎只想尽快结束这场闹剧。对博士来说，他冷漠的态度无异于火上浇油。

"你是在向你的主人摇尾乞怜，对吗？"博士冷笑道，将注意力转回卡拉克斯身上，"现在套着狗链子的是谁？不必等主人搭理你，我现在就可以杀了你这个懦夫！"

"但你不会动手。"拉瑟隆突然开口道，戴着手套的手指有节奏地敲击着桌面。那只手套蕴藏着无穷的能量，可以让一个人彻底消失。博士明白，拉瑟隆这是在警告自己别失了分寸。

博士叹了口气，"你说得对。"他松开手，将卡拉克斯推倒在地，后者摸着喉咙连忙大口喘气，"相信我，卡拉克斯，杀了你我也不会感到内疚。"

"博士，这场叛逆的戏码你演够了吗？"拉瑟隆说，"我看得有点累了。"

博士质问道:"难道你早就知道他们要干什么?"

拉瑟隆勾起嘴角,"我不知情,博士,这件事都是卡拉克斯和城主的主意。不过,测试的结果倒是很有启发。"

"你们差点杀了她!"博士吼道,"辛德只是人类,她的身体经不起这种强度的测试。你们指望能得到什么结果?"一旁的城主竭力避开博士投来的目光。

"正如你所言,博士。"卡拉克斯爬起来,掸了掸长袍上的灰尘,"测试的结果证明你所言非虚,我们已经彻底了解戴立克构成怎样的威胁了。"

"什么意思?"博士问。

"至高议会已经通过了我的提议,博士。"拉瑟隆站起来说,"我正准备颁布命令。"他转头看向卡拉克斯,"传令下去,做好部署'伊莎之泪'的准备。"

"遵命,总统大人。"卡拉克斯一边回话,一边偷偷瞟了一眼博士。

拉瑟隆继续说:"城主,通知帕修斯指挥官和他的舰队随时待命。今天,这群人将被我们永远铭记,迦里弗莱上所有生者与亡魂的希望都寄托在他们身上。他们将携带'伊莎之泪'深入坦塔罗斯诡眼,让戴立克尝到惹怒时间领主的苦果。"

"而你即将尝到惹怒我的苦果。"博士小声地说。他绝不允许此事发生，一定还有更好的解决办法。

"博士，"拉瑟隆问，"你想说什么？"

"我是不会让你得逞的。"博士说，"记住我说的话，拉瑟隆，我绝不允许你部署'伊莎之泪'。"

"你不允许？"拉瑟隆摆出一副难以置信的表情，"难道你要反对至高议会的决定，违抗我的命令吗？"

"别吓唬我，反正这又不是我第一次违抗了。"他的目光扫过众人的脸，生气地说，"你们全都疯了，一场战争竟让你们忘记了自己的身份！看看你们的样子，假装对外界之事了如指掌，总是以为自己十分重要。然而，事实证明你们错了！大错特错！"

博士用手指戳了戳拉瑟隆，"你只在乎时间领主的生死，却对大局视而不见。难道你还不明白吗？一旦下令部署'伊莎之泪'，我们将变得跟戴立克一样卑劣。届时，犯下灭绝种族罪行的时间领主根本不配活下去！"说完，博士试着恢复正常呼吸。

一时间，议事厅里鸦雀无声。

拉瑟隆率先开口道："博士，我是不是可以认为，你已经决定与时间领主为敌了？"

博士瞪着拉瑟隆，承受着所有人的目光。他看了一眼仍旧意识模糊的辛德，然后坚定地说："我这么做不单单是为了你们几个人，更是为了时间领主一族。我发自内心地想拯救你们。拉瑟隆,你选择的路不能带领族人走向胜利,因为那是一条死路。假如你仍不相信,不妨去问问伯路萨。"

说完,博士大步朝辛德走去。是时候离开迦里弗莱了,或许以后也不必回来。他已经受够了。

"抓住博士!"拉瑟隆说,"把他和那个人类统统扔进牢房!"

年轻力壮的城主立刻行动起来,面对毫不光彩的命令也照办不误。博士的双手被他扭到背后,身体徒劳地挣扎起来。

"扣押他的塔迪斯。"拉瑟隆补充道,"不,直接扔掉吧!一台破旧的塔迪斯对我们而言毫无利用价值。博士已经叛变,绝不能让他阻碍我们的行动。一旦伊莎之泪消除戴立克的威胁,他将立刻被送上审判台。"

博士听见卡拉克斯唤来更多的警卫,只好放弃无谓的抵抗。但是,他坚信自己还有机会阻止这一切。

在卡拉克斯的窃笑声中,博士最后看了辛德一眼,然后被城主押走了。一直以来,博士都在逃避自己的责任,直到今天,他改主意了——不仅为了辛德,更为了螺旋星系中所有的人类。就目前的情况来看,人类遇上他的族人反倒更糟。

时间领主一旦越界,便再也无法回头了。现在,挡在这条路上的只有一名年老疲惫的战士——博士自己。

然而,现在被困在牢房里的战士实在是无计可施。

15

辛德猛然惊醒,发现自己的脸贴着某种坚硬冰冷的物体。她的脑袋阵阵抽痛,像是有人在不停地敲击头盖骨。恍惚间,辛德不知道自己身在何处,更想不通是怎么到这里来的。难道她又喝醉了?可昨晚抵抗军没开派对啊。她只记得自己外出设伏,但出师不利,然后……

辛德贸然起身,不到片刻就后悔了。强烈的眩晕感向她袭来,眼前的光线如同太阳耀斑一样刺眼,模糊了视线。她大口喘气,却剧烈地咳嗽起来。她痛苦不已,只好眨了眨眼,把泪水挤出去。

辛德发现自己坐在用粗糙石板垒成的床铺上,博士则坐在对面的地上,背倚着墙,双腿前伸。他眯起眼睛说:"你好啊。"

"我们在哪儿?"辛德揉了揉后颈,感觉嘴巴发干。

"我们在牢房里。"博士回答道,似乎答案显而易见。

"牢房?"

"是的,就在迦里弗莱的国会大厦地下。你还记得之前发生的事吗?"

"心灵探针。"她说,"我怎么可能忘记呢?"

博士叹了口气,"抱歉,我不该把你一个人丢在那儿,甚至一开始就不该把你带到迦里弗莱,害你卷入这一切。"

辛德揉了揉太阳穴,"我在墨多斯上说过了,我们要一起行动。不过,我确实没料到自己会被关进牢房。"她停顿了一会儿,"他们为什么把我们关进来?"

"呃,"博士说,"说来话长。"

"你是不是跟拉瑟隆说,"她莞尔一笑,"让他的'伊莎之泪'见鬼去吧?"

博士笑着承认道:"没错,不过措辞没那么粗俗。"

辛德耸耸肩,"我看他就是太文雅了,得来点粗俗补补。"

"你说得对。"博士附和道。

辛德仔细端详这间牢房,里面既没有自来水和暖气,也没有显示屏、数据板或者书籍,只有一扇门和四面石墙。地上铺着凹凸不平的石块,上面覆盖着一层厚厚的沙土。天花板上有一小块嵌板,为房间提供了唯一的光源,幽暗而阴沉。

"这地方不错啊。"她调侃道,"房间的装饰很符合我的品位。"

博士皱了皱眉,"绝对是中世纪的建筑风格。"

"什么风格?"辛德问。

"缺乏想象、原始落后的蛮夷之风。"博士回答道。

辛德还没有完全清醒,脑袋仍然晕晕乎乎的。"我睡了多久?"她问。

"两三个小时吧。"博士说,"在心灵探针的折磨下,你的忍耐力堪称出类拔萃,甚至比许多更高级的智慧生物还厉害。"

"哦,那真是棒极了。"她说。

"我这是在夸奖你。"博士说。

"算是吧。"她说。

博士笑了起来。"你真了不起,辛德。"他说,"你对自己很了解,知道内心的诉求后能够果断行动。这是多少人羡慕不来的品质。"

"你看,这才叫夸奖。"辛德说,"你体会到两者的区别了吗?"她伸了个懒腰,打着哈欠站起来,"你就直接告诉我,他们会部署'伊莎之泪'吗?"

博士点了点头,严肃地说:"恐怕会的。虽然我在尽力劝阻拉瑟隆,但他看上去心意已决。"

辛德听得出来,在博士心中,拉瑟隆作为时间领主总统的分量早已荡然无存。

"还没到认输的时候。"辛德说,"我们还剩多少时间?"

"距离部署'伊莎之泪'只剩几个小时了。"博士在脑子里快速地计算起来。

辛德走到他面前伸出双手,"那你还坐在这儿干什么?赶紧出去救人啊!"

博士拉着她的手站起来,仍然一脸严肃,"要是可以出去就好了。这里是时间领主建造的牢房,虽然不怎么美观,但绝不可能逃得出去。况且,我的塔迪斯也被他们扣押了。在'伊莎之泪'完成部署之前,别指望他们能放我们出去。"

辛德半信半疑地盯着他,用假装强硬的语气说:"在我看来,你这是在给自己找借口!"

听完博士的话,辛德的心里其实难过极了。她呼吸困难,感觉恐慌似乎要将自己完全淹没。一步步博取自己信任的陌生人竟然就这样认输了,这让她不敢相信。在偌大的坦塔罗斯螺旋星系中,所有生命即将化为乌有。

博士露出难过的神色,握着她的手说:"没事的,我能理解你的感受。"

"不!"辛德说,"不,你不能!我不需要你扮演什么老好人,在一切结束之后握着手安慰我。这么做没有任何意义。"她深吸一口气,"我需要你找到离开牢房的办法,阻止他们部署'伊莎之泪'。"她挣开博士的手,狠狠地捶打他的胸口,泪水夺眶而出,"你听明白了吗?"

博士一脸忧郁地看着她,低语道:"可我没有办法……"

辛德摇摇头,"当我们初次见面时,你说你辜负了自己的名字。今天，你有机会证明自己配得上它。"说完，她径直走向门口。

牢门是由几块结实的木梁被铁丝捆扎而成的，上面还装着门锁。"看！"她说，"你能不能用音速起子打开它？"

博士走到她身旁，把一只手放在她的肩膀上，"没用的，辛德，我早就试过了。这是时间领主建造的牢房，音速起子没有任何作用。正因为如此，他们才没让我交出音速起子。我花了一个半小时寻找出去的办法，可惜一无所获。要是我们能出去，或许事情还有转圜的余地。"

辛德生气地踹了牢门一脚。大门纹丝不动，她的脚却疼了起来。她痛苦地倒在地上，隔着鞋子揉搓肿胀的脚趾。博士决定让她一个人静一静，便走回墙边，找个舒服的姿势坐了下来。

辛德心想，门锁看起来不怎么精密，跟她在墨多斯上用过的差不多，有钥匙就能打开。难道傲慢的时间领主以为对普通门锁稍加改造，就能关住里面的囚犯？想到这里，辛德仿佛看到了一丝希望。她瞥了博士一眼，看见他正在调整音速起子的参数，大概是想要更改门锁的设置。

于是，辛德悄悄地把衣服袖子卷上去，不动声色地摸索起来，甚至不敢低头去看。谢天谢地，她摸到了哥哥送给自己的手镯。虽然手镯是用几股粗铜丝拧成的，但保存完好。

辛德轻轻拽了一下手镯，发现铜丝十分结实，说不定能用它做成开锁器。接着,她又陷入纠结,想把袖子拉下去,假装自己从未动过这个念头。不行,那么多生命危在旦夕,哥哥一定不会怪她的。

"抱歉,萨米。"她默默地说着,慢慢挑开铜丝。

辛德一度怀疑自己会把手镯掰断,但最终还是顺利地把它拆了下来。她尽可能将两股铜丝捋直,然后把它们摆在了地上。

牢房另一头,博士眉头紧锁,仍在一心一意地鼓捣音速起子。

辛德眯起一只眼睛,从锁孔向外窥视。除了对面的一扇牢门,她几乎看不到走廊上的情况。不过,外面似乎没有警卫。

于是,辛德把临时制作的开锁器小心翼翼地插进锁孔。她原本担心自己会触发警报或者遭到电击,结果什么反应也没有。渐渐的,她屏住呼吸,将全部注意力集中在开锁上。铜丝缓缓转动锁芯,锁杆滑了出来,仅仅过了几秒钟,门锁便发出咔嗒一声。她心想,难道这么容易就打开了吗?

辛德呼出一口气,把"开锁器"揣进口袋,颤抖着用手扭动把手。门开了一条小缝,她听见了自己怦怦的心跳声。

辛德悄悄把门合上,转身去看博士的反应,发现他还在摆弄音速起子。

"博士?"她的声音有些颤抖。

"嗯?"他漫不经心地答应着。

"如果我们能离开牢房,是不是还有机会阻止时间领主部署'伊莎之泪'?"

博士眯起眼睛看向她,"没错,但你得等我——"

辛德示意他保持安静,将一只手伸向把手,然后轻轻打开了牢门。"你该去践行诺言了。"她说。

博士看了看门锁,又看了看辛德,"不得了!"

她耸耸肩,"他们显然没有料到,一个不起眼的人类竟然会开锁。"

"确实,"博士面露喜色,赶忙站了起来,"没有人能料到。"他身上的背心皱巴巴的,靴子表面有一层厚厚的泥,整个人十分邋遢。辛德想,他们这两天过得跟打仗似的,看上去不邋遢才怪。

事不宜迟,二人立刻跑出牢房。

"我们往哪儿走?"辛德问。

"左边。"博士的声音近乎耳语,"虽然我没来过这里,但直觉告诉我应该往左走,那边应该有一条通往下层的隧道。"

"下层?"辛德说,"我们不是已经在地下了吗?这里怎么看都像地牢。"

博士点点头,"下层还有一间面积非常大的地下室,是所有塔迪斯的临终之所。"他声音嘶哑地说,"我的塔迪斯应该也在那儿。"

博士一马当先,在潮湿昏暗的隧道里穿梭,辛德则紧随其后。他们途经另外四五间牢房,里面全都空无一人。隧道似乎是用地下岩石直接凿成的,除了零星的照明以外,几乎没有任何装饰。种种迹象表明,时间领主要么专门为博士腾空了牢房,要么之前压根儿没有关押囚犯的习惯。

"拉瑟隆最喜欢的惩罚是就地处决。"博士一脸阴沉地说。

辛德疑惑地皱起眉,"那他为何要把我们关进肮脏的破牢房呢?"她补充道,"当然,我对此绝对没有任何怨言。"

"因为他知道留我们一命或许还有用。"博士说,"你会成为挟制我的筹码。真是卑鄙。"

听到博士的回答,辛德觉得心里暖暖的。尽管辛德不喜欢被人利用,但博士显然会保护她,不会因为一己之私而抛下她。

二人在隧道的尽头左转,恰巧与值勤的一名女警撞个正着。警卫正倚着墙坐在凳子上,漫不经心地划动平板。她身材高挑,肌肉发达,身着红白相间的制服。辛德下意识地看向她别在腰间的手枪。

警卫慢慢地站起来,把平板搁在凳子上。"站住!"她快步走过来,喊声和脚步声回荡在封闭的隧道里。

博士主动上前打了个招呼,"你好!"

"你们在这儿做什么?"警卫问,"牢房岂是你们随便进入的地方?"

"啊,"博士说,"抱歉。我们大概是迷路了,别误会。您忙您的,我们这就离开。"他原地转身,作势要走。

"等一下!"警卫说,"你看着挺面熟的,应该是……"她突然瞪大双眼,"你是博士!你是怎么从牢房里逃出来的?"她慌乱地摸向腰间的手枪。

"等等!"博士伸出一只手,"你别误会——"

话音未落,辛德上前一步,一记利落的右勾拳正中对方的下巴。警卫瘫软在地,手枪飞出去老远。

"哦!"博士说,"没必要这么狠吧?"

辛德白了他一眼,揉着疼痛的右手。"直觉告诉我,你的判断有误。"她说,"我们可是在越狱!当然是跑为上策。"

博士权衡了一下她的话,耸了耸肩,"行吧,你的话也有道理。"他看了一眼不省人事的警卫,"好歹给她摆个舒服点的姿势吧。"

辛德叹了口气,看着博士把警卫扶到墙边坐下,将她的双手放在大腿上。"好了。"他拍了拍手上的尘土,"她醒来一定会感激我们的。"

"我看未必。"辛德说,"我们该走了。"

正如博士预料的那样,他们顺着一段长长的下坡路缓缓走向地底更深处。"走这边。"博士示意辛德跟上。

辛德听见惊恐的叫喊声从身后传来,看来,打晕警卫的事情已经暴露了。"他们发现了。"她说,"快点,我们得加快速度。"

二人立刻沿着下坡路疾跑起来,直奔地下室而去。不一会儿,身后传来阵阵脚步声。

这条路长达几公里,蜿蜒曲折,把辛德都绕晕了。她已疲惫不堪,感觉大腿肌肉极其酸痛,心灵探针造成的头痛也没有完全消失。可是,跟在后面的脚步声越来越大,越来越近,逼迫辛德不断向前奔跑。

"快到了。"博士上气不接下气地说。

前方的道路陡然变宽,地势也变得平缓。博士一个急刹停在原地。辛德眼看就要撞上他的后背,连忙抓住他的手减缓速度,差点把博士带倒在地。

地下室十分空旷,与博士的描述分毫不差:高高拱起的天花板已有数千年的历史。岩石凿成的墙壁一直伸向远方,消失在阴影中。一条条柔和的光带纵横交错,提供了微弱的照明。

辛德站在门口,眺望着成千上万的塔迪斯残骸。它们形态各异,大小不一。有的是白色的战斗型塔迪斯,焦黑的痕迹见证了曾经惨烈的战况;有的是银灰色的太空舱,坑坑洼洼的外壳诉说着久远的历史。

辛德困惑地看着面前的一台塔迪斯。它的外部犹如一颗开裂的鸡蛋,内部则杂乱无章——墙壁位于天花板上,而天花板则变成了地面。站在塔迪斯的外面往里看，主控室旋转了九十度，让人仿佛置身于怪诞的梦境之中。

不远处，一些塔迪斯膨胀到了惊人的比例，犹如不对称的柱子一般顶着天花板。左手边，一艘损毁的碟形战舰侧翻在地，另一艘飞船则像是盘坐在虬曲树根上的古老橡树。堆在墙边的塔迪斯更是奇形怪状：有的形如新古典主义风格的柱子，有的看上去仿佛是马戏团的帐篷，有的又像破碎的帆船……除此之外，还有很多辛德无法辨识的怪异造型。她猜测那些形象也许来自外星文明。

在悲凉的氛围中，惨遭遗弃的塔迪斯在这里等待终结。

"这是一片坟场。"辛德说。

博士点点头，"塔迪斯的安息之地。"他摸了摸胡子，"它们都曾是鲜活的生命啊。"

辛德不解地皱起眉，"塔迪斯不是机器吗？"

博士摇摇头，"不，它们不只是机器。你真应该体验一下和塔迪斯浪迹天涯的感觉。"

警卫的脚步声没有停止，反而愈来愈近了。

"这里有这么多塔迪斯，我们该怎么找？"时间在一分一秒地流逝，催促辛德采取行动，"简直是大海捞针。"她比画着地下室的面积，"找到你的塔迪斯恐怕得花上几个星期——"

短促的哔哔声打断了辛德的话，似乎是从博士的皮夹克里发出来的。"哦,太棒了。"博士扬起眉毛,"聪明机智的老姑娘。"他掏出音速起子,发现顶端自动亮了起来。一秒之后,起子再次发出哔哔声。

"塔迪斯在呼唤我们,"博士说,"在等我们去找它。走吧!"

博士像火炬传递一样举起音速起子,纵身跳进塔迪斯的残骸中。辛德跟着音速起子的光芒也跳了下去。

此时,警卫已经追了上来,"你们跑得真够远的!"

辛德顾不上去看来者是谁,飞快地躲到了烧焦的塔迪斯外壳后面。

"只要你们同意回到牢房,"一名警卫吼道,"我们保证不开枪!"

"做你的春秋大梦吧!"博士闷闷不乐地嘟囔道,引得辛德咯咯直笑。

片刻后,警卫毫无预警地开了枪。能量束嗖地擦过辛德耳边,击中帆船形塔迪斯,溅起了一片火花。看来,这些枪远不止击昏他们那么简单。

音速起子的哔哔声不绝于耳,速度也越来越快,说明博士离自己的塔迪斯越来越近了。"这边!"他从形如运河船的塔迪斯顶上伸出手,挥舞着音速起子,结果引来了第二枪。

辛德低下头朝博士跑去,能量束从头顶不断飞过。警卫已经顾不上命中目标,只管朝他们所在的方向胡乱开火。

塔迪斯残骸构成了杂乱无章的迷宫,参差不齐的边角和错乱的几何结构遍布其中。警卫们兵分两路,想将博士和辛德团团围住。在音速起子持续不断的哔哔声中,他们东奔西逃,钻过死胡同,走过回头路,不停地打着转。

一名警卫看准时机,击穿了辛德脚边的战斗型塔迪斯。她连忙蹲下来寻找掩体,躲在了一台窗户碎裂、爬满藤蔓的塔迪斯后面。

博士在前方喊道:"快来,我们快到了!"

辛德站起身,结果脚下一滑差点儿摔倒。她挥动双臂保持平衡,正好看见穷追不舍的警卫拦住了他们的去路。博士见状立刻右转,辛德也迅速跟上。

"塔迪斯在那儿!"博士惊呼道。

辛德终于看到了那个熟悉的蓝盒子。它位于一堆零件残骸和墙体装饰之间——造型奇特的圆盘与博士主控室里的一模一样。

塔迪斯的大门自动打开,似乎在欢迎他们进入。博士冲进去,跳上控制台,一拳砸在红色按钮上。大门在辛德进来后瞬间关闭。

"这下没事了。"博士气喘吁吁地说,"他们进不来了。"他孩子般地笑了起来,"谢谢你,老姑娘。"他抬起头,举起双手,好像在跟塔迪斯对话,"你从来不会让我失望。"

接着,博士转向辛德,"我不是第一次带塔迪斯偷偷离开迦里弗莱了。有时候,我觉得它和我一样渴望踏上冒险的旅途。"

辛德从显示屏上看到,塔迪斯门外站着两名警卫。他们在踹门无果后,瞄准大门开了枪。

巨大的声响传进塔迪斯,但大门没有丝毫损坏。能量束遭到反弹,射向了坟场的阴影里。其中一个皮肤黝黑、蓄着黑色络腮胡的警卫伸出手,朝手腕上的通信器传递消息。辛德想,这会儿牢房怕是已经炸开锅了。

博士一边调整飞行参数,一边嘲讽道:"看来,这里已经不欢迎我们了。"他按下按钮,转动仪表盘,然后拉下了操纵杆。

伴随着引擎的喘息声,中央玻璃柱发出耀眼的光芒,中心柱开始上下起伏。辛德握住栏杆,终于松了口气。

突然,塔迪斯晃动一下,引擎瞬间熄了火。

"哦,不!"博士的手指在控制面板上飞舞起来。他重复了一遍刚才的操作,再次拉下操纵杆。塔迪斯拼了命想逃走,却难逃熄火的厄运。

博士后退一步,望向辛德说:"他们把安全协议改了,不让我们离开。"

一个声音猝不及防地响起,吓了辛德一跳。"该收手了,博士。停止反抗,乖乖出来吧。"城主的声音从通信器里传出,辛德猜测他此刻正待在国会大厦里,"原先的协议已经失效,你的塔迪斯休想离开迦里弗莱。如果你自愿投降,我就当此事从没发生过,保你安全回到牢房。这已经是我最大的让步了。"

"不行!"博士怒吼道,"你必须让我们离开。"

城主笑道:"你这是让我拿自己的命换你们的自由啊。"

"或许吧。"博士严肃地说,"人这一辈子总得做件正确的事吧?城主,你其实并不赞同他们的做法,对吗?一旦完成部署,你不知道该如何面对牺牲的亿万生命。"博士在控制台前来回踱步,投入地游说道,"我必须阻止他们部署'伊莎之泪',所以,请你务必把正确的协议传到塔迪斯里。"

"但是……"城主动摇了,他的语气表明自己并不反对博士的观点,"但是我该怎么向卡拉克斯交代?"

"卡拉克斯根本不重要。"博士说,"你、我,包括拉瑟隆在内的所有人都没有这件事重要。如果放任事态发展,时间领主就跟戴立克没什么两样了。"

控制台响起一声提示音,其中一个指示灯闪烁起来。

"谢谢你。"博士说,"我知道你做出了巨大的牺牲。"

"别让我的牺牲变得一文不值。"城主说完,切断了通信器。

博士再次操作控制面板,呼哧声重新响了起来。塔迪斯从地下室里消失了,留下两名警卫面面相觑,一头雾水。

169

16

卡拉克斯一向讨厌传送器。每次进行瞬间移动后,他的指尖都会发麻,心脏总是控制不住地加速跳动。虽然离第一次瞬间移动已过去很久,但卡拉克斯仍然清晰地记得,那天他彻夜未眠,思考自己在传送的过程中是否发生了不可逆转的变化。

经历了第一次重生后,他一下子想通了这个问题。变化是不可避免的——就当是在生命的画卷上增添一笔罢了——掌控甚至推动变化朝特定的方向发展才最为关键。有人可能认为这是"操纵",但卡拉克斯认为,这其实是"讲求实效"。这个办法屡试不爽,现在没理由弃之不用。

因此,他匆忙赶到拉瑟隆之墓通报消息,迫切地想成为第一个向总统汇报的人。卡拉克斯十分清楚自己想要什么,也会尽可能去达成目标。如今,复仇的时机已经成熟,博士将受到应有的制裁。

这是卡拉克斯第二次来到墓室,他知道里面藏了什么。事实上,至高议会的每一位成员都知道。起初,他们在会上一致通过拉瑟隆的提议，开始在国会大厦里建造战争引擎。然而，当这件非凡的作品面世时，所有人都难以直视，甚至避之不及，称它为可憎之物。因此，拉瑟隆不得不将碍眼的战争引擎移到自己昔日的墓室里。

如今，鲜有人提及战争引擎和伯路萨的名字。至高议会的成员们知道与拉瑟隆对话之人是某位权威的时间领主，但都不约而同地保持沉默。卡拉克斯不得不承认，有一件事博士说得没错——这群时间领主都是伪君子，只愿坐享其成，不愿承担后果。

前些天，卡拉克斯曾向拉瑟隆暗示，城主的良知开始觉醒，他已经无法履行自己的职责。之前，城主放走那个人类就是绝佳的证据。现在，卡拉克斯怀疑他与博士的逃跑也脱不了干系。恶果即将降临。

卡拉克斯走进墓室，刻意躬身低头以示尊敬。此时，拉瑟隆正在与伯路萨对话，命令他从变幻莫测的时间线中找出最佳的一条。"伯路萨，如果要给戴立克致命一击，我应当如何部署'伊莎之泪'？胜利的道路在何方？"

卡拉克斯只看了伯路萨一眼，便吓得不敢上前。在昏暗的墓室中，伯路萨闪烁着重生能量的光芒。他就像一具干瘪苍白的尸体，被重新赋予不属于自己的生机和活力。时间旋涡穿过他的大脑，在脑海里留下超乎想象的奇妙和可怕景象。

"我看不清时间线，也看不见胜利的道路。"伯路萨喃喃道，"每条时间线都在不停地变化，每种可能性都有机会成为现实。一个变数的出现使结果扑朔迷离。"

"变数？"拉瑟隆重复道，"什么变数？戴立克的武器吗？"

"不，总统大人。有一个可能性节点正不受限制地在时间线上移动，编织着未来和过去。"

"别跟我打哑谜！"拉瑟隆咒骂道，"我听不懂这些暗语。"

卡拉克斯在入口处徘徊，犹豫是否应该上前。总统正在气头上，他可不想在这个时候触霉头。可是，话总是要传的。"总统大人？"卡拉克斯试探地喊道。

拉瑟隆转过身，发现不速之客是卡拉克斯，顿时变得十分恼怒。这里是拉瑟隆的私人避风港，他不喜欢被人打扰。

"什么事，卡拉克斯？"他厉声问，"你没看见我正忙着吗？"

"抱歉，总统大人。"卡拉克斯说，"我从国会大厦带来了紧急消息，特来告知您。我们的计划可能面临风险。"

拉瑟隆示意他走上前去。

卡拉克斯穿过墓室，不敢离伯路萨太近。起初，至高议会决定把战争引擎搬离国会大厦时，他还表现得不屑一顾。如今，他逐渐靠近眼前的东西，内心不禁感到顾虑重重。伯路萨诡异的眼睛闪着光，脸上露出洞悉一切的微笑。卡拉克斯顿时不寒而栗。他在想什么？他看到了什么？

"哦？"拉瑟隆回应道，"说下去。"

"博士……"卡拉克斯说，"逃走了。"

拉瑟隆竭力遏制住怒火，"逃走了？"他的声音如同钢铁般冰冷。

卡拉克斯谨慎地选择正确的措辞。"一定是有人帮了博士。"他说，"我们当中出了叛徒。只要追查数据日志，就不难发现授权安全协议的人。"

"就这么办。"拉瑟隆说，"我要他的项上人头。"

卡拉克斯强忍住窃笑，预感至高议会即将迎来新的城主。"那博士该怎么处理？"卡拉克斯大胆地试探道，"他可能会去阻止帕修斯指挥官部署'伊莎之泪'。"

"没错。"拉瑟隆反应过来，"他就是那个变数。"拉瑟隆抬头看向伯路萨，一时陷入沉思。片刻后，他回过神来，似乎下定了决心，"博士背叛了时间领主，决意要站在我们的对立面。因此，只有一个办法能够保证他不会干扰事情的走向。"

"请您明示。"卡拉克斯说。

"博士必须死。"拉瑟隆说，"只有这样，我们才能保证计划无虞。"听到这个回答，卡拉克斯的嘴角抑制不住地上扬。

拉瑟隆继续说："卡拉克斯，你是担此大任的唯一人选。我相信你。"

"我吗？"卡拉克斯乱了阵脚，总统的委任让他猝不及防，"总统大人，您确定我能堪此重任？"他向来是操纵别人，从未自己动过手。况且，从在时间领主学院读书开始，他就很少搭乘塔迪斯外出。

"只有你能做到。"拉瑟隆说，"因为你比任何人都希望博士死。"看来，拉瑟隆比卡拉克斯想象的更有洞察力。

既然无法改变总统的决定，卡拉克斯只能硬着头皮接受这个任务。至少，他能看到博士临死前的表情，也算是一种安慰吧。"遵命，总统大人。"

"好极了。时间紧迫，快去寻求天体干预局的帮助。卡拉克斯，如果你是子弹，那天体干预局就是那把枪。"

"我这就动身。"卡拉克斯转身走出去，脑袋天旋地转。

"对了，卡拉克斯！"拉瑟隆突然叫住他。

他停下脚步，回头问道："怎么了，总统大人？"

"一旦失败，你就别回来了。"

卡拉克斯咽了口唾沫，内心的恐惧难以言表。"不是他死，就是我亡。"他点了点头，"我明白了。"

没想到最终还是走到了这一步。此时的卡拉克斯只知道一件事：无论发生什么，他绝不会让博士好过。

III

深入诡眼

17

塔迪斯一动不动地停在时间旋涡中。透过主控室的半透明天花板,辛德看到蓝紫色的涡流如暴风雨般蹂躏着塔迪斯的外壳,充满能量的光芒不断闪烁着。

塔迪斯的内部风平浪静。辛德背对着中央玻璃柱,坐在控制台的边缘。她感到无所适从,因为自己既不用在曲折的隧道里奔跑,也不用逃离戴立克战舰、城市废墟或者时间领主的牢房。辛德不禁陷入沉思,从记事起,无论走到哪里,她都没有停下过脚步。她一直渴望远离战争,渴望在偌大的宇宙中找到一片可以安家的净土。

如今,辛德却开始动摇了。她凝视着惊涛骇浪般的时间旋涡,不禁怀疑整个宇宙是否也如这般波涛汹涌。至少,处于时间大战中的宇宙确实是这样一幅景象。

安安静静地待在原地让辛德感到浑身不自在。"我们接下来该怎么办?"她用掌心托着下巴问道,"墨多斯回不去了,迦里弗莱也去不了。哪儿都不欢迎我们。"她若有所思地说。

博士在控制台边忙得热火朝天，听见她的问题，只好停下手头的事情，"接下来，我们要阻止时间领主部署'伊莎之泪'。"

你说得倒是轻巧，辛德心里直犯嘀咕，就我们两个人再加一个蓝盒子，怎么阻止得了？她觉得自己太过悲观，便重新振作起来，说："假如我们成功阻止了时间领主……"

"嗯？"博士应了一声。

"那戴立克又要怎么解决？总不能放任它们彻底消灭迦里弗莱吧？"

"为什么不能？"他反问道。

辛德知道博士还在生族人的气。毕竟，他苦口婆心地劝诫他们，对方却对他的警告充耳不闻。更过分的是，他的族人还在博士伸出援手时加以阻拦。时间领主的真面目就此暴露无遗。

辛德回想起有关时间领主的种种传言，不得不承认那些话说得有道理。他们的确和戴立克没什么两样。当然，有一个人例外，而且他有一副好心肠。想到这里，辛德的脸上露出了微笑。因此，她绝不相信博士会袖手旁观，眼睁睁地看着同族惨遭杀害。

"啊，我找到了！"博士兴奋地呼喊起来。

辛德笨拙地转过身，看见博士正跪在地上，聚精会神地盯着控制台的下方。"找到什么了？"她问。

"等一下……"他小声地说，神情专注，舌头滑稽地探出嘴角。他从底下取出一个东西,把它抛起来又接住。"拿到了!"他大声地喊道,"该给他们好好上一课了。"说完,博士站了起来。

"你手里拿的是什么?"

博士走到她身边,摊开掌心,露出一枚由陶瓷制成的卵形物体:它光滑修长,通体黑色,看不出有什么玄机。"这是追踪装置。"他说,"我就知道他们会这么干。警卫把塔迪斯扔到坟场之前,在控制台的下方装了这个东西。"

"那他们会追上来吗?"辛德问。她这辈子都不想再跟时间领主有任何交集了。下辈子也不想。

"追上来也不意外。"博士说,"反正他们知道我们是奔着'伊莎之泪'去的,说不定还派了突击队前来拦截。"

辛德叹了口气。这种日子什么时候是个头啊?"那戴立克怎么办?"她问。

"这关戴立克什么事?"

"如果戴立克用时间武器消灭了迦里弗莱,迟早也会对其他星球如法炮制。到那个时候,还有谁能阻止它们?"

"好吧,我还没想好该怎么办。"博士说,浓密的眉毛拧在了一起。

"那你考虑过其他选择吗?"她强迫自己开了口。

"没有其他选择。"博士说。

辛德点点头，"有啊，你可以让时间领主部署'伊莎之泪'。万一拉瑟隆是对的呢？万一能用人类的生命换来宇宙的一片安宁呢？"

博士怒不可遏地说："我们不能这么做，辛德！我们无权决定他人的生死。任何人都没有这样的权力。"

"可如果我们不这么做，不就等于将权力交到了戴立克手中吗？"

"我会想出办法的。"博士说，"我总能在最后关头想出来。无论如何，时间领主不能犯下灭绝种族的罪行。"

辛德点了点头，蹲下身子，随手捡起地上的去物质枪。这东西毫无审美可言，纯粹诞生于仇恨中，实用而致命。

"你从哪儿拿来的？"博士起了疑心。

"它一直放在地上啊。"辛德回答道。

博士蹲下来，示意辛德把枪递给他，"我把去物质枪落在迦里弗莱的议事厅里了。"

"一定是他们决定把它还给你。"辛德说。

"嗯……"博士咕哝着，把手中的武器翻了过来，"果然不出我所料。"他向辛德展示暗藏在枪管下面的追踪装置，然后将它拧了下来。

"竟然连枪都不放过。"博士说，"可见我超凡的越狱能力令他们相当忌惮。"

他站起身，一脚踩在两枚追踪装置上，用脚后跟反复碾压，直到只剩一堆碎瓷片和二极管。"可算解决了。"博士伸手将辛德拉起来，"好了，你该去休息一下了。"

她揉了揉眼睛，"我不困。"

博士摇摇头，"你需要睡觉。"

听博士这么说，辛德才意识到自己有多疲惫。她的眼皮越来越沉，四肢像灌了铅一样，后脑勺依然隐隐作痛。"好吧，"她说，"我就睡一小会儿。"

"上楼之后，"博士说，"左手第一间应该可以睡觉。"他看见辛德拽了拽脏兮兮的上衣，补充道："衣柜里有干净衣服，想穿什么随便挑。"

"谢谢。"辛德说，"你想出阻止时间领主的计划了吗？"

博士微微一笑，"我比较擅长……即兴发挥。"

辛德笑道："彼此彼此。"说完，她走上了楼。

这是辛德人生中第一次感受到前所未有的平静。然而，诡异的寂静让她不禁担心，暴风雨即将到来，大战一触即发。不管怎样，她都要好好保存体力。

在塔迪斯里找到"左手第一间"并没有博士说的那么容易。辛德走上楼，发现自己竟然来到了一个富丽堂皇的庭院，满眼都是橄榄树。这里除了摆放着一张公园长椅，还建造了一座喷泉——中央的大理石上雕刻着女人持瓶倒水的造型。

辛德面前至少有五扇通往其他房间的门,每一扇推开都是风格迥异的世界。其中一间是嘈杂的丛林,清新的空气扑鼻而来;另一间是巨大的鸟舍,五彩缤纷的鸟儿啁啾不停;还有一间是化学实验室,里面摆放着复古的木制长椅和本生灯,书架上陈列着无数药瓶。最后,她终于找到了可以睡觉的卧室,尽管房间里还堆着上一位住客的杂物。辛德毫不在意,直接往床上一躺,迅速进入了香甜的梦乡。

"我居然睡了好几个小时!"辛德飞快地从楼梯上冲下来,看见博士正在给控制台调整开关,"你为什么不叫醒我?"

博士平静地抬起头,"因为你需要充足的休息。"

"我们是不是来不及阻止部署'伊莎之泪'了?"

博士哈哈大笑起来,"塔迪斯可是一台时光机,处在时间旋涡中的我们犹如局外之人。"

"我听不懂。"

"想象时间是一条长河,"博士说,"而塔迪斯则是漂浮在河面上的一艘船。当它顺流而下时,便可以进入未来;当它逆流而上时,便可以回到过去。"

辛德摇了摇头,从最后几级台阶上跳了下来。"还是没听懂,但你说什么我都信。"她说。辛德醒来的时候,从衣柜里挑了一条黑色的紧身牛仔裤,以及一件写着"绿色和平"的T恤衫。不过她不明白这句口号是什么意思。

"我们现在有什么计划?"

"我们先去坦塔罗斯螺旋星系。"博士说,"时间领主若想部署'伊莎之泪',就必须靠近坦塔罗斯诡眼。因此,我们一定能在那里拦住他们。"

"然后呢?"辛德问。

"然后就走一步看一步了。"他回答道,"抓稳了!"

伴随着引擎的轰鸣声,塔迪斯开始朝坦塔罗斯螺旋星系进发。辛德听话地抓紧控制台的边缘,奔向她曾经的家园。透过半透明的天花板,辛德看到时间旋涡打着旋儿朝两侧退去,露出了一片清晰的星空。

"现在,我们只能祈祷不要引起戴立克的——"毫无预兆的颠簸打断了博士的话,好像有一阵风扫过了塔迪斯。

"什么情况?"辛德问。

博士转动控制台上的旋钮,头顶上方的画面飞快地转向另一个视角。五台白色的战斗型塔迪斯将他们团团围住,每台都配有可怕的武器。

"我们陷入埋伏了。"博士声音低沉,"肯定还有一枚追踪装置没找到。"他看向辛德,手掌使劲儿拍打额头,"哦!我早该想到的。"

"想到什么?"辛德盯着围成一圈的塔迪斯问。

"你!是你!"

辛德困惑地后退一步,"我做了什么?"

博士摇了摇头,解释道:"不是你做了什么,而是卡拉克斯和城主在干那件勾当的时候,趁机在你身上装了追踪装置。"

辛德不确定"勾当"一词是否准确,但仍然痛恨有人利用她来对付博士。她还没来得及细想,通信器里便传出了熟悉的声音。

"看来还是没逃过你的法眼。"一个尖厉刺耳的声音说。

"卡拉克斯!"博士啐了口唾沫,"我早该料到的。恐怕,你还获得了天体干预局的帮助吧?"

"当然。"卡拉克斯回答道,"不得不承认,博士,你甩开警卫的能力真是令人大开眼界。我就知道牢房根本关不住你。"

博士看向辛德,露出一副"我没说错吧?"的表情。

"不过并不重要。"卡拉克斯继续说,"因为帕修斯指挥官很快就会把'伊莎之泪'带进诡眼之中,而你和你的同伴即将成为亿万亡魂之一。"

辛德看到一台战斗型塔迪斯伸出了鱼雷发射器,炮口直直地瞄准他们。"博士!"她大喊道。

"我知道。"博士头也不回地说。

"不,博士,我认为你真的——"

"我知道!"博士的情绪变得激动起来。

"那你倒是采取行动啊!"

战斗型塔迪斯率先开火,鱼雷发射器亮起一团白光。博士见状,立刻操纵塔迪斯垂直下降,飞离了包围圈。时间鱼雷射向虚空,须臾后发生爆炸,徒留一道闪光。

"抓紧了,"博士说,"可能有点儿颠簸。"

博士拉下操纵杆,让塔迪斯止住自由落体的势头,然后朝一侧打着旋儿移动。辛德感觉心提到了嗓子眼儿,只好闭上眼睛,尽可能缓解眩晕感。

塔迪斯上下移动,成功地躲开了又一枚时间鱼雷。为了甩掉穷追不舍的战斗型塔迪斯,博士兜了个圈子,转而向上攀升。

"放弃无谓的抵抗吧!"卡拉克斯在通信器里说,"大限将至的时候,选择优雅体面地离开难道不好吗?"

"听上去更像是你给自己的建议,卡拉克斯。"博士说,"遇到困难就放弃的人是你,而我一定会战斗到底。"

"那就如你所愿。"卡拉克斯说完,切断了通信。

战斗型塔迪斯步步紧逼,已经进入射程范围之内。博士驾驶自己的塔迪斯左右穿梭,竭力避开发射器的锁定。

"开火啊!"辛德吼道。

"开不了!"

"什么叫开不了?"她难以置信地问。

"我没有武器!"博士大声回应道,盖过了引擎的轰鸣。

"为什么没有?"

"我的塔迪斯不喜欢武器。"博士的双手紧紧抓住控制台边缘,身体向后倾斜,似乎想凭一己之力将塔迪斯往反方向拉。

"那我们该怎么办?"辛德差点想把脸埋进掌心,但又不得不抓紧栏杆,"告诉我该怎么办!"

"抓稳了!"博士说,"我准备飞进时间旋涡,为我们争取点时间。"就在时间鱼雷发射的瞬间,博士猛地推动操纵杆。然而,细长的银色鱼雷撞上蓝盒子的一侧,发出了耀眼的白光。

主控室内地动山摇,辛德一个不小心跪倒在地。引擎渐渐熄灭,光线暗淡下来。忽然之间,一切都静止了。

"怎么回事?"辛德问。

博士一拳砸在控制台上,"我们被暂时冻结在时滞气泡中,动弹不得了。"

"真棒。"辛德说,"早知道这样,我还不如继续躺在床上睡觉呢。"

他们看到其中一台战斗型塔迪斯靠过来,显然是想登上博士的塔迪斯。"应该是卡拉克斯。"博士说,"他准备来耀武扬威了。"

"可以不让他进来吗?"她问。

"我只能试一试。"

这时,辛德眼角的余光看到远处有什么东西在移动。她还没来得及看清，一台战斗型塔迪斯就毫无预兆地爆炸了。余波扩散开来，主控室也跟着震颤起来。炸毁的塔迪斯在辛德眼前不断膨胀，破碎的显示屏、太空服、椅子等各种物件都飘散到了虚空中。

博士切换显示屏的画面，只见一支舰队正跟余下的战斗型塔迪斯展开激烈的交战。这支舰队好像凭空出现的一样，每艘飞船都通体黑色，线条流畅。舰队如同跳舞一般一边组织进攻，一边盘旋追逐。

"那些是什么？"辛德问。

"戴立克隐形战舰。"博士说，"飞船就像猎人一样潜伏在时间旋涡中，避开时间领主的所有监控并伺机而动。"

一台战斗型塔迪斯发动攻击，时间鱼雷擦过戴立克隐形战舰的外壳，击中侧翼，发出刺眼的火光。那台塔迪斯正打算展开第二轮攻势，却瞬间被另一艘隐形战舰的能量束消灭了。

"我们要完蛋了！"辛德越来越慌，"你一点办法也没有吗？"

博士摇摇头，"没有。我们只能祈祷戴立克先针对那些战斗型塔迪斯。"不过，辛德注意到，博士的手并没有离开控制台。

又一艘戴立克隐形战舰燃起熊熊大火，但仍有十几艘源源不断地赶来，令时间领主无力招架。最后两台塔迪斯几乎同时遭到袭击，内部空间骤然暴露在虚空中。

辛德预见到自己的下场，掌心不停地冒汗。用不了多久，他们的塔迪斯也会不断膨胀，最终飘向虚空。

一艘戴立克隐形战舰从他们上方飞过。博士拨动控制台上的开关，在嘶嘶声中重新启动引擎。

"你不是说我们被冻结了吗？！"她惊呼道。

博士耸耸肩，"我可不会被这种老把戏玩弄两次。我早就升级防护罩了。"

"所以……你刚才只是在拖延时间？"

"没错。"博士说着，用力砸下按钮。塔迪斯以惊人的速度呈螺旋式上升，径直撞向上方的隐形战舰。

辛德从显示屏上看到，战舰的外壳被撕开了一个巨大的口子，飞船失控地旋转起来，喷出的一股股气流瞬间凝结成飘动的冰云。

"快想办法离开这儿！戴立克的战舰太多了！"辛德吼道，"快啊！"

博士用食指轻点屏幕，"居然还有时间领主活下来了。"

显示屏上，在一堆破碎的战斗型塔迪斯残骸之中，一个瘦小的身影在控制台的碎片旁痛苦地扭动着。

"你该不会打算救他吧？"

"没错，我就是这么打算的。"博士推动操纵杆，驾驶塔迪斯出现在飞船的残骸之中。与此同时，戴立克隐形战舰从四面八方逐渐逼近。

辛德还没反应过来,就发现塔迪斯里出现了一堆飞船残骸:断裂的红色柱子、深灰色墙壁的碎片,还有冒着火花、仅剩半边的控制台。

一位时间领主躺在一堆线缆上。他身穿猩红色长袍,双手摸着喉咙,急促地喘着粗气。鲜血从他的眼睛、鼻子、嘴巴中汩汩涌出,顺着脸颊往下滑落。尽管他皮肤焦黑,还冒着水泡,但面容依旧清晰可辨。

"他是卡拉克斯。"辛德说。

"把他安顿好。"博士说。

"可是我——"

"照我说的做!"博士厉声打断了她的话。

塔迪斯晃动着躲开戴立克的攻击,在引擎的哀鸣中驶进时间旋涡。"该死!"博士猛地砸向控制台,"该死!"他再次吼道。

辛德跪在地上,双手捧着卡拉克斯的头,不确定他能否挺过来。他的伤势很重,暴露在真空中几乎要了他的命。卡拉克斯的皮肤闪耀着异常的光泽,若隐若现的光芒仿佛游移在皮肤的表皮之下。

她不知道该怎么办,甚至不知道时间领主的生理构造是否跟人类的一样。她察觉到博士的视线,便背对着他说:"戴立克呢?"

"它们找不到我们。"博士回答道。他蹲在辛德身旁,一只手伸向卡拉克斯的脖子,探查他的脉搏。"太迟了。"博士说,"他已经开始重生了。"

卡拉克斯剧烈地咳嗽了一下,浓稠的暗红色血液从嘴角溢出,淌到了长袍上。

"帮我把他抬起来。"博士说,"抓住他的脚。"博士双手勾住卡拉克斯的腋下,拽起他的身体。这个动作加剧了他的咳嗽。

辛德听从博士的指挥,将卡拉克斯的双脚抬了起来,他的身体比辛德想象的重多了。"我们把他抬到哪儿去?医务室吗?"

"不,"博士说,"我们去零号房间。"

"零号房间?"她上气不接下气地问。

博士架起卡拉克斯的上半身,倒退着走上楼梯。辛德笨拙地跟上去,努力不让卡拉克斯的屁股撞到台阶。

"一个能让他安安静静进行重生的地方,还可以从外面上锁。"博士说,"免得他妨碍我们。"

"我们为什么要救他?"辛德问,"他想置我们于死地,这种人你也要救吗?要我说,就该让他慢慢等死。"

"我们在墨多斯上第一次相遇时,"博士说,"你还记得自己当时干了什么吗?"

她皱起眉头,"我在跟戴立克战斗。"

"不，我是指在塔迪斯坠落之后。"

"我不知道你可不可信，"她说，"所以拿枪恐吓你。"

"没错。"博士说，"可我当时也没有留下你独自等死啊。"

辛德叹了口气，"你该不会想说是我误会他了吧？博士，他想杀了我们的意图昭然若揭。"

"即便如此，辛德，每个人都拥有改过自新的机会。卡拉克斯会在这里改变他的认知。"博士来到走廊的尽头，踢开身后的门，把卡拉克斯抬了进去。

房间里空荡荡的，什么家具也没有。墙壁上布满了和主控室一样的圆盘装饰。"就放在这儿吧。"博士说着，跟辛德一起把卡拉克斯放在地板上。令人不安的是，时间领主苍白的身体发出了更加耀眼的光芒。

"这就是重生吗？"辛德问。

"是的。"博士说，"最好让他一个人待着。"博士领着辛德走出去，从裤兜里摸出一把钥匙，锁上了门。"好了，"他说，"卡拉克斯一时半会儿有的忙了。我们刚才说到哪儿了？"

"阻止时间领主灭绝人类种族。"辛德说。

"啊，没错！"博士说，"赶紧去办正事！"他的反应就像想起自己的老花镜落在哪儿了似的。

18

辛德站在博士身边,目光集中在显示屏上。"这么多塔迪斯呢!"她说着,吹了声口哨。

他们刚一赶到坦塔罗斯螺旋星系,就看见时间领主的舰队浩浩荡荡地朝诡眼进发。成百上千台塔迪斯呈现出千军万马的气势,完全超出辛德的想象。

戴立克碟形战舰以五至十艘为一支中队,迅速掠过时间领主舰队的边缘,时不时集中火力击落一台塔迪斯,但始终未对整支舰队造成什么严重损害。接着,一小队塔迪斯脱离大部队,开始跟敌人战斗。

"看来,时间领主决定诉诸武力了。"辛德说,"他们一心朝诡眼前进,不达目的誓不罢休,根本不在乎会牺牲多少条人命。"

"他们是士兵。"博士说,仿佛这个回答足以解释一切。

"我有个问题不知道该不该问。"辛德说,"我们到底要怎么阻止时间领主?除了戴立克的中子能量枪和去物质枪,我们没别的武器了。"

博士凑近显示屏,鼻尖都快贴上去了。"你看,"他的手指完全挡住了目标,至少有二十台全副武装的战斗型塔迪斯将其围在中央,"那是帕修斯的塔迪斯。我敢打赌,'伊莎之泪'就在里面,因为他绝不放心把武器交给别人。"说完,博士直起了身子。

"可我们根本无法靠近!"辛德说。

博士按下按钮,屏幕上出现了一组滚动的图标。"既然无法靠近,"博士专心地研究了一会儿,"那我们就直接在里面现身。"

与此同时,帕修斯指挥官正站在塔迪斯的驾驶台上,察看通往诡眼的航线。他将四周和天花板调成半透明模式,产生了一种飘浮在虚空中的错觉。

战斗型塔迪斯围成作战队形,一路护送他前行。在帕修斯的左侧,不少塔迪斯正奋力阻挡来犯的敌人,战况十分激烈;在他的前方,坦塔罗斯诡眼暗含怒意,似乎在警告他们不要再靠近了。

由于受到时序辐射的影响,塔迪斯无法通过时间旋涡深入螺旋星系的中心,只能暴露在虚空中不断前进,时刻面临遭受袭击的危险。帕修斯的内心十分不安,他看向守在控制台边的三名手下,"情况如何?"

"报告长官,航线规划成功。"其中一名中尉回答道,"再飞行几光年就能开始部署武器了。"

"太好了!"帕修斯说,"继续前进。"

此时,戴立克碟形战舰和隐形战舰正源源不断地飞来,战火在四周蔓延。帕修斯的塔迪斯在保护下没有受到任何影响。他摸着胡子,时不时发出号令。

正当他命令其他塔迪斯汇报战况时,嘹亮的警笛声突然响起,打断了他的话头。"怎么回事?"他吼道,"马上向我报告!"

中尉惊慌地转过身,"长官,目标即将闯入塔迪斯。"

"什么目标?"帕修斯大声质问道,"导弹吗?"

"不,"中尉回答道,"是一台时光机。"

伴随着沉重的喘息声,不速之客渐渐在帕修斯的右手边现身。他立刻慌乱地摸着身上的手枪。

"长官,一台塔迪斯即将降落。"另一名手下说。帕修斯不知道这些手下叫什么,因为记名字完全是白费工夫——往往他还没记住,人就已经死了。

"太危险了!塔迪斯会被撕碎的,到时候谁都活不成!"他大吼道,"怎么还没阻止目标?"

"正在努力升高防护罩,长官。"中尉大声地回答道。

一阵钟声敲响后,一个标有"警亭"字样的高大的蓝盒子出现在主控室里。

"太迟了!"帕修斯的声音带着愠怒,"目标已经进来了。"

"我们成功了?"辛德问。

"成功了。"博士率先朝门口走去,又突然转身,神情严肃地看着她,"带上你的枪。不过,无论发生什么,你都绝不能开枪。"

辛德抄起地上的能量枪,一路小跑跟了上去。一踏出塔迪斯,她就感觉非常不对劲。按照博士的计划,他们应该出现在另一台塔迪斯里,而不是无垠的虚空中。

错愕间,辛德茫然四顾,想要寻找庇护之所。目之所及,空荡荡的宇宙只剩下肆虐的战火。她喘了几口气,然后猛地意识到自己仍能正常呼吸,身体也没有因为失去重力而飘浮起来。

回过神后,她逐渐明白这是怎么一回事了。他们的确在塔迪斯的内部。帕修斯的主控室十分开阔,比博士的大三四倍,半透明的墙壁和天花板可以观察周围的战况。由于这里与博士的主控室之间的风格差异太大,辛德一开始都没反应过来。深灰色的六面控制台线条流畅,工艺精湛,跟博士东拼西凑的奇怪控制台完全不同,但缺了几分生气。辛德对此的评价只有两个字——无趣。三座控制台从外表看毫无差异,旁边各驻守着一位时间领主。他们的制服红白相间,与国会大厦里的警卫穿的一样。

帕修斯指挥官左手握着一把枪,站在驾驶台上怒目而视。他身材高大,体态肥硕,脸上蓄着浓密的黑胡子,身着黑色长袍,头戴红色套头帽。

"你们!"他开口道,声音震耳欲聋,"你们知道自己在干什么吗?这种行为很可能引发时空冲撞,把我们所有人送上西天。"

博士耸了耸肩,笑容灿烂,"得了吧,帕修斯。你觉得我是那么鲁莽的人吗?"

帕修斯露出难以置信的表情,"除了你也没别人了。"他说,"我还以为你在迦里弗莱的牢房里。"

"拉瑟隆也这么以为。"博士说,"不过,即便是总统也不能掌控所有事情。"

帕修斯举起枪,"抱歉,博士,我本不想这么做,但被你逼得走投无路了。"

"那些即将死去的人类也被你逼得走投无路了。"博士说。

"别轻举妄动,否则——"帕修斯继续说。

辛德咳嗽了两声,"你让谁别轻举妄动?"说完,她从背后拔出了能量枪。

另外三位时间领主立刻流露出不安的神色,但仍然坚守在各自的控制台边。博士走向第一座控制台,扫了一眼上面的按钮,摇了摇头。然后，他绕过旁边的人，来到第二座前，重复了一遍刚才的动作。接着，他伸手按下按钮，似乎找到了自己想要的东西。

一旁的时间领主勃然大怒，"你要干什么？！"辛德猜测他大概是飞船驾驶员。

"规划新航线。"博士说，"我要劫飞船，明白吗？"

"休想！"他说着，转身竭力阻拦博士。

"退后！"博士说，"这里没你什么事。"

可那个人仍然不依不饶地推搡着博士。

"抱歉，我真的很抱歉。"博士无奈地说。

"什——"

话音未落，博士转身挥出一记漂亮的右勾拳，直击对方的下巴。时间领主随即躺倒在地，不省人事。博士甩了甩手，活动了一下筋骨，露出痛苦的神色。"哦，真讨厌。"他说，"怎么就是不听劝呢？"

突然，一道能量束从博士的左手上方掠过，击中了旁边的控制台。被击中的台面向下凹陷，烧得焦黑一片。博士迅速向右卧倒。辛德回过头，看见帕修斯手持武器说："这只是一个警告，博士。要知道，我可不是在吓唬你。"

博士快步走到帕修斯面前，一把夺过他手里的枪，扔了出去。枪哐当一声掉在博士的塔迪斯旁边。

"我是在帮你,帕修斯。相信我。"

"你们站到角落里去。"辛德一边命令另外两位时间领主,一边留意帕修斯的动静。

"别担心,很快就好。"博士说,"我只是想窥探一眼未来。"他转动仪表盘,调整控制装置,手指在控制面板上飞快地敲击起来。引擎响应博士的指令,发出低沉的呻吟。如果说博士的塔迪斯发出的是巨大的轰鸣声,那帕修斯的塔迪斯发出的则是截然不同的细微颤音。

"我得说,你这台塔迪斯不怎么样啊。"博士说,"一点儿个性也没有。"

"其实你心里很清楚,对吧,博士?"帕修斯说,"你会为自己的行为付出生命的代价。"

博士耸了耸肩,懒得回头看他,"用我一个人的性命换回亿万人的生机,这买卖不亏。"博士说,"反正,我已经活得够久了。"他回头看了一眼帕修斯,"你有没有认真思考过,部署'伊莎之泪'究竟意味着什么?"

"用不着你来教我!"帕修斯厉声说,"我当然知道这么做的后果有多严重。可我们还有别的选择吗?总得有人站出来阻止戴立克。"

"俗话说得好,条条大路通罗马。"博士看向辛德,"为什么非得是罗马呢?"

辛德看见博士的眼睛里闪烁着孩童般的光芒,知道他的戏瘾上来了。如若不是肩负着时间大战的重担,他原本可以活得无比轻松快乐。站在博士身边,辛德不自觉地染上了笑意。

这时,塔迪斯周围的景象突变,坦塔罗斯诡眼不见了,与碟形战舰交战的塔迪斯也消失了,取而代之的是一片虚无。铺天盖地的黑暗包裹着他们,只有零落的几颗星星在夜空中闪烁。不远处,一颗红巨星不断膨胀,内核缓缓燃烧,已经持续了数千年;外部的对流包层暗淡稀薄,几近透明。

"我们这是在哪儿?"辛德问。

"宇宙的尽头。"帕修斯解释道,"宇宙收缩、星光暗淡之前的最后一刻。"

"没想到你还满怀诗意。"博士说,"或许,你还不算无可救药。"

"你不能这么做,博士。"帕修斯说,"'伊莎之泪'是我们最后的希望。"

"我会找到其他解决办法的。"博士说,"一切都还没有结束。"他走到另一座控制台前,按顺序敲击着控制面板,"好了,'伊莎之泪'准备就绪。"

"你要把它射向那颗红巨星吗?"辛德问。

博士点了点头。

就在这时,帕修斯行动起来,大吼一声扑向博士。两个人缠斗起来，辛德的枪口始终瞄准帕修斯。她竭力克制住扣下扳机的冲动，因为博士交代过她绝不能开枪。况且，能量束可能会误伤博士。

他们一同倒在控制台上，不小心碰到了控制面板，使得塔迪斯瞬间向右倾斜。"离控制台远点！"帕修斯吼道。他一把抱住博士的腰，将后者拖离控制台。然后，他奋力一甩，让博士背朝下摔在了地上。

博士面露愠色，急忙站了起来。他低下头，马不停蹄地冲过去，用肩膀抵住帕修斯的胸膛，双手环抱住帕修斯的腰将其撞翻在地。帕修斯的拳头不断捶打博士的后背，迫使博士松开了束缚。

辛德抬起头，看见另外两位时间领主还缩在角落，便晃了晃手上的枪，提醒他们不要插手。

帕修斯还在地上挣扎，博士则轻松地站了起来。"帕修斯，我们这样打架太不像话了，为什么不——"没等博士说完，帕修斯便踹了他的脚踝一脚。博士失去平衡摔倒在地，脑袋差一点磕在控制台上。他翻身坐起来，忍不住发出痛苦的呻吟。

辛德看不下去了，气势汹汹地走上前，"哪个按钮？"

"红色那个。"博士喘息着说。

辛德耸了耸肩，心想，这也太明显了吧！然后，她一拳砸了下去。

"愚蠢至极的姑娘！"帕修斯低吼道。两人站起身来，掸去衣服上的尘土。

地板下方传来沉闷的隆隆声，紧接着，响起了一连串松开夹钳的声音。帕修斯蹒跚着走到控制台前，使劲儿按下按钮，但已经于事无补。"糟了，序列已经启动，'伊莎之泪'马上就要发射了。"

伴随着点火的轰鸣声，一枚火箭飞快地射了出去，直奔红巨星的中心。

出乎辛德意料的是，那枚火箭竟然十分小巧，与她想象中的大规模杀伤性武器相距甚远。也许，时间领主的武器跟塔迪斯一样，也是里面比外面大。在场的众人呆若木鸡，不知道"伊莎之泪"爆炸后会发生什么。

博士建议道："不如，我们先战略性撤退吧？"

帕修斯在控制台边输入一串指令，塔迪斯开始慢慢向后撤退。远处，在壮观的红巨星的映衬下，火箭如同一根银针，看上去毫不起眼。

"看样子什么也没发生。"帕修斯说。

"再等等看。"博士说。

一秒钟后，辛德发现红巨星的中心出现了微不可察的阴影。那道阴影如同一块黑色的污渍，开始慢慢向外扩散。随后，阴影不断蔓延，逐渐吞噬了微弱的红光。

"恒星正在坍缩，"博士说，"'伊莎之泪'把它拖向了引力奇点。"

"博士，你亲手葬送了我们击败戴立克的最佳机会，简直愚不可及。"帕修斯停顿了一下，把刚刚苏醒的中尉从地上扶起来，"时间领主不会放过你的。"

"我知道。"博士平静地说，"但这并不代表我错了。"

随着最后一丝红光归于黑暗，不断坍缩的恒星开始吸拽周围的物质。塔迪斯拼命对抗这股力量，地板都跟着颤抖起来。

"我们该走了。"博士说。

帕修斯捡起自己的枪指向博士，"光凭你刚才的举动，我就该杀了你。"

博士毫不退缩地与他对视，"好啊，如果你想杀了我，现在就动手吧。你本来不必沦为杀人凶手，但……"

帕修斯迟疑了一会儿，放下枪口，"走吧。离开我的塔迪斯。"

博士一言不发地转过身，朝自己的塔迪斯走去。辛德跟在后面，枪口依旧对准帕修斯，尽管她知道后者已经失去了斗志。

关上门的一刹那，辛德终于松了口气。她放下枪，"成功了。我们成功了！"

博士笑道："是啊，我们成功了。但麻烦的是，我们除了要解决戴立克，还要对付一帮恨不得食我肉、饮我血的时间领主。"

"那你打算怎么办?"辛德问。

"只有一个办法,"博士说,"回迦里弗莱。"

"什么?!你疯了吧?"

博士笑道:"我也这么觉得。"

19

塔迪斯出现在了荒无人烟的悬崖上。

过了一会儿,辛德打开门,迎接刺骨的寒风。一阵凛冽的大风将发丝吹到她的脸颊上。辛德紧紧抱住自己,竭力保持身体的温度,眼眶中蓄满了泪水。

博士关上塔迪斯的门,走到悬崖边缘观察下方的荒原。目之所及,遍地都是帚石楠和麦秆高的野草,几棵树木零星散落其间。抬头看,几缕白云飘过蔚蓝澄澈的天空。

"你不是说要去迦里弗莱吗?"辛德问。

"对。"博士说,"容我解释一下。"

辛德双手叉腰,期待地扬了扬眉头,"嗯?"

"这里确实是迦里弗莱。"博士说,"勉强算是吧。时滞气泡将这一片荒原封锁起来,时间领主亲切地称之为'死区'。"他咧开嘴笑了笑,"当然,这里绝对不是什么适宜居住的地方。"

"棒极了。"辛德戏谑道,"死区。"她冷得跺了跺脚,感觉他们站在悬崖顶端太显眼了,"我们来这儿做什么?"

"很久以前,时间领主曾在这里举行竞技比赛。他们将外星生物从各自的栖息地抓回来,再指派一群倒霉蛋与它们展开生死搏斗。"博士自顾自地继续说。

"我一直以为时间领主都是正面角色呢。"辛德讽刺道。

"那都是老皇历了。"博士转过身,指向远处拔地而起的一座黑色尖塔,"拉瑟隆把自己的坟墓建在了塔楼里。"

"他的坟墓?"辛德问,"但他不是还活着吗?我们之前见过拉瑟隆。不过,我宁愿自己从没见过他。"

"说来话长。"博士说,"事实上,拉瑟隆是永生不死的。在远古时代,他放弃肉身,在坟墓里一躺就是几千年,被奉为永生之王。时间大战打响后,时间领主意识到他们需要一个新的领袖,于是在大战初期复活了拉瑟隆。"

"看来,拉瑟隆为他们带来了不少好处。"辛德说。

"没错。"博士伤感地说。

"但你还是没有回答我的问题。"她说。

"什么问题?"

"我们来这儿做什么?"

"我们来劫狱。"博士说,"拉瑟隆把一个人困在了塔楼里。我们亟需那个人的帮助,所以得把他——也就是伯路萨——救出来。"

"为什么塔迪斯不能停得近一点？"辛德一边问，一边往掌心哈气。

博士摇摇头，"这就是死区的问题所在。要想接近塔楼，除非借助议事厅里的传送器，否则我们就只能徒步穿过荒原。作为竞技场的遗址，这里很好地保护着拉瑟隆和他藏在坟墓里的秘密。"

辛德点点头，"好吧，那我们试试能不能爬下去。"说完，她走到悬崖边缘，探头向下望。等看清下方的景象后，她惊恐地尖叫起来。

"怎么了？"博士连忙跑了过来。

"你看那儿！"山脚下，一只形如蜥蜴的巨大生物正懒洋洋地躺在帚石楠丛中，欢快地咀嚼着嘴边的植物。它的身长至少有二十米，四肢十分粗壮，跟大象腿有得一拼；它的脖子像蛇一样细长，小小的脑袋上长着又黑又圆的眼睛，嘴巴里露出锯齿状的利齿；绿色的皮毛覆盖全身，背部还有甲壳状的厚鳞片；它的尾巴随意地甩来甩去，斩断了旁边的灌木丛。"那是什么东西？"

"迦里弗莱上的原始生物，"博士说，"来自黑暗的远古时期。虽然时间领主已被禁止抓走外星生物，但这不代表他们不能操纵自己星球上的生物。山脚下那一只早该灭绝了，根本不应该出现在这个时代。"

巨型蜥蜴悠闲地继续进食，把一棵枝繁叶茂的大树当成自己的口粮。辛德看着它,"希望没有体型比它更大的食肉动物了。"

"这个嘛……"博士欲言又止。

辛德怒视着他,"不会真的有吧?"

"不要杞人忧天嘛。"博士说,"它们的体型那么大,我们隔着老远就能看见。你应该小心那些食肉型蚂蚁。要是被它们咬上一口,那可有你受的。"

辛德一听,连忙看向踩在帚石楠中的靴子,忍不住挠起了小腿。看见博士哈哈大笑起来,她气恼地拍打他的胳膊,"你能不能正经一点?"不过,笑意也爬上了辛德的嘴角。毕竟,她现在正需要轻松一点的氛围。

"所以,这个叫伯路萨的时间领主到底有什么过人之处?他要如何帮助我们对抗戴立克?"

博士有些难为情地说:"时间旋涡进入伯路萨的大脑,使他能够预见未来。他可以看到所有时间线和每条线之间的关联,还可以看到每一个决定会在宇宙中激起怎样的涟漪,开辟怎样的道路。拉瑟隆命令伯路萨在繁杂的时间线中找到对抗戴立克最有力的那一条。"

"他是天生如此吗?"辛德问。他们在荒原上艰难跋涉,时不时被刮起的大风吹得东倒西歪。每走一步,辛德都会被杂草缠住靴子。幸好，到目前为止，他们既没有发现食肉动物的迹象，也没有遇到食肉型蚂蚁。

"不是。"博士说，"拉瑟隆为了找出赢得时间大战的方法，迫使伯路萨的时间线发生逆向转变，将他变成了现在这副模样。"

辛德不明白其中的含义，心想，时间线要如何发生逆向转变呢？也许，时间会告诉自己答案。"你的这位朋友会告诉我们如何击败戴立克？"

"差不多。"博士说，"我们得把他带进坦塔罗斯诡眼，让他改变未来。"

"行吧。"辛德说，"解释得可真清楚。"说完，她抬头看向远处的塔楼。

这时，号角般的声音传了过来，听上去像是某种野兽发出的吼叫。辛德惊慌地瞪大双眼。

"放心。"博士说，"它跟刚才吃草的那个家伙一样温和，只是在呼唤同伴。"

辛德长吁一口气，"那它的叫声是什么意思？求偶吗？"

博士摇摇头，"不是。"他耸了耸肩，"听起来更像是发出警告——"他突然收声，看向辛德，后知后觉地说，"声音是不是离我们挺近的？"

随着又一声雷鸣般的咆哮，他们脚下的大地也跟着震颤起来。辛德浑身发抖,后颈的汗毛都立了起来。地动山摇般的响动从他们身后传来,频率也越来越快。辛德紧张地咽了口唾沫,双腿动弹不得。博士看上去也是一脸惊讶。

她缓缓转身,看见一个仿佛从孩童的噩梦中跑出来的怪物:它足足有两栋房屋那么大,丑得难以直视;两条敦实的后腿直立起来,一条又短又粗的尾巴拖在地上保持平衡;在辛德以为是前腿的部位竟然长着一对翅膀,上面覆盖着紫色和白色的绒毛;翅膀很短,一看就飞不起来;一张血盆大口占据了大半个头颅,嘴里满是密密麻麻的牙齿;四只圆圆的小眼睛一眨一眨的,死死盯着辛德和博士。这头野兽穿过荒原,直奔他们而来。

"你不是说我们隔着老远就能看见吗?!"辛德说。

博士耸耸肩,"我那是为了安慰你。看见那边的峭壁了吗?"

辛德点了点头。

"快跑!"

他们飞速穿过坑坑洼洼的荒原,全力朝峭壁跑去。辛德感觉大腿的肌肉正在疯狂地燃烧。尽管博士动作敏捷,但他的体力有点跟不上,整个人被辛德远远地甩在了身后。

那头野兽跌跌撞撞地跟在后面,奇怪的小翅膀兴奋地上下扇动,一滴滴口水从骇人的嘴巴里不断滴落。

不知是被树根还是杂草绊了一下,辛德不小心摔倒在地,双手重重地落在干燥坚硬的土地上,手腕被摔得生疼。她奋力向前一滚,一秒都不敢耽搁,然后轻巧地站起来,继续向峭壁冲去。

野兽咆哮起来,低沉的吼叫声如同拳头一般击打着辛德的腹部。以前,她只听说过巨大的枪声或者地雷爆炸的声音可以用"震耳欲聋"来形容,但从未想过那种声音听上去究竟是什么样。今天,她终于对这个词语有了切身的体会。她的耳朵嗡嗡作响,仿佛被人塞了一对棉球,根本听不到外界的声音。

这种感觉既真实,又梦幻。她真的在遥远星球的荒原上奔跑吗?真的有恐龙般的食肉生物在后面穷追不舍吗?

峭壁像一块巨大的黑色石板,横亘在天地之间。辛德惊恐地意识到,她成功地把自己逼进了死胡同,待会儿铁定会被野兽拍死在峭壁上。

"博士!"辛德带着哭腔喊道,尽管她知道自己听不清任何声音。

雷鸣般的脚步声越来越近,每一步都震得辛德从地面上弹起来。她的听力逐渐恢复,声音断断续续地传进了耳朵。

辛德放慢脚步,在峭壁脚下左右张望,看见一块孤零零的巨石坐落在一堆松动的岩石中间。难道博士打算让她躲到巨石后面?

突然,博士一把抓住辛德的手腕,拽着正在发呆的她跑向岩石。野兽来不及放慢速度,一头撞在了峭壁上。辛德边跑边回头看，发现它并没有停下，反而甩了甩脑袋，蹒跚着追了上来。

"快！"博士指着岩石之间的狭长缝隙说，"钻进去！"

"钻进这里面？"辛德惊呼道。

"快进去！"博士松开手，推了她一把。辛德侧着身子勉强挤进去，希望里面的空间能够宽敞些。这样一来，他们就有地方躲避野兽，直到它离开。

参差不齐的岩石表面划伤了她的后背和双手。透过狭窄的入口，她看见博士一边后退，一边冲野兽挥舞着音速起子，但似乎没有任何效果。"博士！"她大喊道。

"我马上进来。"博士回过头说。他从辛德的视线中消失了一会儿，然后再次出现在入口处，顺着缝隙挤了进来。

吼叫声再度传来，野兽使劲儿撞向岩石，似乎想开辟一条通道抓住他们。它哼哧哼哧地朝缝隙里窥探，四只眼睛不停地眨巴着。野兽咆哮起来，呼出夹杂着腐臭味儿的滚烫气息，喷出的口水溅在了他们的脸上。辛德恶心地抱怨了一声，连忙用手去擦，结果却抹得满脸都是。

"这里很安全。"博士试着安抚她，"我们可以安心等待它离开。"

辛德感觉有一只手搭在了自己的肩膀上。她看向博士，却发现对方离自己至少有一米远。所以，刚才那只手是谁的？

辛德慌乱地转过身，被尖锐的岩石划伤了肩膀。她看到另一侧站着一个陌生人,立刻惊恐地尖叫起来。

她甚至无法确定对方是不是"人"。他穿着粗制滥造的亚麻长袍,身材瘦削,皮肤苍白。他的容貌不断改变,刚从上一张脸切换到下一张,不一会儿又换成另一张脸了。那个人浑身散发出琥珀色的柔光,仿佛蕴藏着某种诡异的不稳定能量。辛德不禁联想到重生前的卡拉克斯。

眼前的陌生人看上去像是没有实体的幽灵,但奇怪的是,他放在辛德肩膀上的那只手却拥有重量。辛德无法从他的脸上读出任何表情,也不知道对方是否怀有恶意。

"没事的。"博士在她另一侧说,"他不会伤害你的。"

陌生人收回手,慢慢向洞穴深处走去。他无声地招了招手,示意他们跟上。

"那是什么物种?"辛德低声问。

"他是一位时间领主。"博士的声音里透出沉重的悲伤。

"时间领主?"

"没错。还记得我跟你提到的伯路萨吗?"

辛德点点头,"他就是伯路萨?"

"不,不是他,但他们的情况很相似。这个可怜的家伙应该是拉瑟隆的实验对象,但没有成功,所以被扔进死区了。"

"什么实验?我怎么听得云里雾里的。"辛德问。

"拉瑟隆跟戴立克一样,一直想插手时间领主的进化。他挑选了一批实验对象,篡改他们的基因,让时间线发生逆向转变,最终把他们变成了人不人鬼不鬼的形态。"博士示意她继续往前走,跟上前面的半生人。

"可他的脸是怎么回事?"她问道。

"那些是他曾经拥有和未来可能出现的所有容貌。"博士说,"他被困在永无止境的循环中,无法正常重生。他的大脑暴露在时间旋涡的原始能量中,他的脸则陷入了危险变形期。"

辛德不知道该说什么,心想,这也太可怕了。如果掉头往回走,她只能被徘徊在外面的庞然大物吃掉。她深知自己没得选,只好快步追上半生人。

没走多远,洞穴豁然开朗,辛德终于能正常转身和行走了。幽闭恐惧感逐渐消失,不再叫嚣着征服她的大脑。在半生人散发的柔光的指引下,他们进入了四通八达的洞穴系统。这里看上去就像在山体里开凿出的兔子窝,一条条隧道将各处连接在一起。

沿着蜿蜒的隧道继续往里走,辛德闻到了柴火烧焦的刺鼻味道,不禁皱起了鼻子。看来,半生人准备把他们带去洞穴中的营地。辛德感觉大腿肌肉十分酸痛,希望自己到时候能休息一会儿,可又不太愿意跟这个奇怪的时间领主共处一室。

辛德暗自揣测,半生人的日子一定过得很辛苦。在死区的荒原里,他可能也跟他们一样遭到野兽追赶,然后无意间发现了这处避难所。换作辛德,她同样会选择阴暗潮湿的洞穴,而不是饥饿猛兽的血盆大口。

前方的岔路逐渐增多，弯弯曲曲的隧道向前延伸，烟味儿也越来越浓。辛德感觉地面的坡度趋于平缓，猜测他们可能已经穿过山体，再往前走就能看到出口。这样也好，毕竟她没指望自己能原路返回。

他们疲惫地行进，一路上没有人说话。没过多久，噼里啪啦的柴火声从前方传来。半生人拐了个弯，然后没了踪影。辛德正犹豫要不要跟上，博士把手搭在她的肩膀上，示意她继续向前。

拐过弯后，一个不规则的巨大洞穴出现在他们眼前。凹陷的浅坑里燃着篝火，两条隧道隐藏在远处的阴影中。半生人面朝博士和辛德站立，好像在欢迎他们的到来。篝火边的巨石上坐着一男一女，他们的情况跟半生人一样，或者说，他们也遭受着相同的痛苦。

博士和辛德见到的第一个半生人走到篝火旁招招手，示意他们过去休息。

"走吧。"博士轻轻擦过辛德的肩膀，率先走了过去。他冲两个新面孔笑了笑，绕过火堆坐在另一块巨石上，活动了一下脖子和肩膀。

辛德想到自己没什么可失去的，也索性在博士身边坐下了。一旁的半生人正忙着给火堆添柴。

"你注意到烟雾升起的方式了吗？"博士问道。

辛德观察了一会儿,发现浓烟打着旋儿上升,仿佛被一阵微风吹过似的。"这里一定有别的出入口。"她如释重负地说。这也说明他们离塔楼更近了。

"没错。"博士说,"不如我们先休息一下,好吗?"

辛德好奇地打量着沉默不语的半生人,不知道他们会不会也在观察自己。"好的,"她说,"但别休息太久。"

博士点了点头。

辛德环视洞穴,发现这里一点也没有家的感觉:除了几张草席和几只陶罐,什么食物都没有。难道陷入重生循环的时间领主不需要吃饭?

接着,她好奇地看向裸露的岩壁,上面似乎有一道道条纹,但昏暗的光线让人看不真切。那是地衣还是霉菌?

"那是什么?"她用胳膊肘捅了捅博士,示意他看向岩壁。

博士顺着她的目光看过去,"哦……那是壁画。"他忽然来了兴致,站起身走了两步,又折回火堆旁,抽出一根木柴充当火把。火苗从辛德面前掠过,吓得她赶紧站起身躲避。博士高举着火把向岩壁走去,"不可思议……简直太不可思议了!"辛德跟着博士走了过去,而那三个半生人仍然坐在火堆旁。

壁画十分原始,看上去应该是用手指蘸取鲜艳的颜料绘制而成的。每幅壁画的场景都不一样,讲述着不同的故事。壁画铺满了整面墙,甚至还有一部分延伸到了另一面墙上。一幅幅壁画如同古墓中的象形文字，正向他们揭开跨越千年的秘密。不过，辛德并不知道壁画到底有多古老。

博士举着火把，来回欣赏这些画作。在暖橙色的火光下，壁画犹如拥有生命般在阴影里跳动。辛德不知道该从哪儿看起，便用手指划过岩壁，尝试理解画上的内容。

第一幅画中，有一个头发灰白、身穿深色皮夹克的男人，他的身边站着一个衣衫褴褛的金发女人。两人中间隔着红色的花朵；

第二幅画中，五个戴立克围在一个巨型戴立克四周；

第三幅上画着一只巨大的眼睛和一个蓝盒子，辛德意识到这代表坦塔罗斯诡眼和塔迪斯。

除此之外，还有一个留着长卷发的瘦子、一个身穿蓝色西装的瘦高男人，以及一个白发蓬松、身披斗篷、正被银色机器人追逐的男人。

辛德咽了口唾沫，不敢细想那些画面究竟意味着什么。"这些画上的人都是谁？"

"全都是我。"博士完全被壁画迷住了，一只手举着火把，另一只手摸索着岩壁。他把脸凑上去，专心致志地研究起来。"至少我是这么认为的。有些应该是我重生之后的形象。"

除了博士的形象，辛德还看到一个酷似自己的红发女人躺在塔迪斯的主控室里。她皱起眉头，心想，这可不是什么好兆头。

她本想把那幅壁画指给博士看,但最终还是放弃了,因为她害怕这么做会使画中的内容变为现实。好吧,还是别理会了。"在这么偏僻的洞穴里,为什么会出现你的壁画?"

"不知怎的,半生人看见了我的一生——无论过去、现在还是未来——然后把那些场景画了出来。"

"你不应该看这些壁画,"辛德说,"因为我们不应该偷窥自己的未来。"说完,她不由得战栗起来。

"没错。"博士说,"你说得对。"他虽然嘴上这么说,但眼睛仍盯着壁画。

"博士!"

"哦,好吧。"博士不情愿地离开墙边,"我忍不住想看看未来的自己长什么样。"

"我不知道你看出了什么。"辛德说,"可万一看了不该看的内容,比如自己的死亡,那该怎么办?"

博士用怀疑的目光看着她,"这又不是板上钉钉的事。只要还没发生,一切都有挽回的可能。"

辛德长吁一口气,从博士的回答里获得了些许安慰。"我们该走了。"她说,"我们得赶在天黑之前从塔楼里出来。"

博士似乎有点不开心,因为他更愿意待在这里研究壁画。"你一直都这么理智吗?"他问。

"是的。"她回答道,"我在墨多斯上就是这样。我们只有不停地移动,才能比戴立克更有优势。"

"等战争结束了,"博士说,"我得带你见识一下比理智更美好的东西,比如书籍、棉花糖、伯爵茶、莱茵河畔的风景、阿斯加德的灰烬海洋,还有埃及艳后的宫殿。"

"记得说话算话!"辛德笑着说。她最后扫了一眼壁画上的红发女人,然后清了清嗓子,"现在,我们更有必要找到伯路萨了。出发!"她走向左手边的隧道,感受着迎面而来的微风,"走这边。"

辛德透过余光看见跟在后面的除了博士,还有那三个半生人。

不远处,塔楼矗立在阴影中,给人一种不祥的预感。辛德不由得打了个寒战。"塔楼看起来不像坟墓,"她对身旁的博士说,"倒像是一座堡垒。"

"嗯嗯……"博士含糊不清地咕哝道。

从洞穴跟来的三个半生人落后他们几步。辛德感到自责,觉得自己不应该给他们起这样的外号,毕竟,他们连人类都不是。不如换成间质族?暂且这么叫吧。他们的存在让辛德无所适从,她不知道该怎样跟对方交流。

博士注意到了辛德的表情,"他们跟过来是为了帮助我们,因为他们早已预见这一切,并为即将到来的暴风雨做好了充足的准备。"

辛德沉默地点了点头,好奇他们还预见了什么。毕竟,壁画上的红发女人才是令辛德感到不安的根源。那个女人是她自己呢,还是博士在过去或未来遇见的另一位同伴?壁画太久远了,让人看不真切。

辛德原以为塔楼早已因年久失修而残破不堪,但没想到还能看到入口两侧架着燃烧的火盆。看来,这里一直有人进出。

"退后。"博士摆了摆手,让她躲进旁边的灌木丛。辛德钻了进去,发现间质族没有理会博士的话,仍然站在正对入口的小路上。她不知道他们到底是愚蠢固执,还是早就预见到塔楼里没有别人。

辛德看着博士悄悄走到入口处,在外面徘徊了一会儿,好像在观察里面的动静。然后,他走了进去,消失在辛德的视线中。

过了一会儿,博士走出来挥动双臂,示意里面没人。辛德和间质族小跑着跟了上去。

"我们的动作要快。"博士带他们进入昏暗的塔楼内部,"拉瑟隆随时都可能进来,万一撞上可就麻烦了。"

辛德没想明白,"我们这么多人,有什么可怕的?"

博士摇摇头,"你还记得他戴的手套吗?它有着跟戴立克时间武器一样的威力。我们和他交手等于自寻死路。"

辛德皱起了眉头。她越了解拉瑟隆,就越觉得他对宇宙来说是个祸害。

她打量着周围的环境,发现塔楼的内部更符合人们对墓室的想象——大厅空寂幽暗,残破褪色的旗帜从天花板垂下来,石棺没有顶盖,如同竖着四根柱子的大床。压抑、萧瑟的氛围笼罩着墓室,辛德一秒都不想多待。

"他就在这儿。"博士带她来到通往石棺的台阶前,间质族则在入口处静静地等候着。"伯路萨?"博士喊道,"你能听到我说话吗?"

随着一阵呼哧声,一块机械平台缓缓升起,然后立了起来。辛德惊恐地发现,平台上居然绑着一个虚弱不堪的人。他的手脚都被绳子绑住,胸口插着电缆和软管。

"博士。"伯路萨开口道。他的容貌像间质族一样不断改变,一会儿是皮肤苍白的老人,一会儿又是古铜色皮肤的青年,一会儿则是中年女人。他的眼睛十分奇怪,不停地闪烁着蓝色的光芒,就像通了电的屏幕一样,让人想一探究竟。辛德不禁汗毛倒竖。

"伯路萨,我是来帮你的。"博士说,"但你得先帮我一个忙。"

伯路萨发出虚弱的笑声,似乎痛苦不堪。"作为那个变数,博士,"他说,"你的行事方式总是出人意料。拉瑟隆会生气的。"

博士没有理他,继续说:"伯路萨,我要把你救出来,然后带到诡眼去。我想到了一个可以抵抗戴立克的计划。"他犹豫了一下,"你能看见未来的走向吗?"

"能。"伯路萨说。

"那你会帮我吗?"

伯路萨沉默良久,似乎在考虑博士的请求。辛德不知道他能不能预见未来,也不知道博士的计划将为他们带来什么样的结局。

过了好一会儿,伯路萨开口了:"我可以帮你,但有一个条件。"

"跟我说说。"

"事成之后,你必须终止我的痛苦,让我得到解脱。"

博士垂下头,为伯路萨的请求感到痛心不已。

"时间旋涡存在于我的大脑中,看起来美轮美奂。"伯路萨说,"我能看到每一条时间线、每一个扭转现实的可能性,以及每一个微妙的决定将会造成的后果。可这种感觉太难受了,博士,我承受不住如此非人的痛苦了。"

辛德看见博士垂下了目光。

"你会帮我吗?"伯路萨问道,"让我从战争引擎中得到解脱?"

"我答应你。"博士声音嘶哑地回答道。

"那就这么说定了。你先把我从母体上断开,让我在塔迪斯里陪你走完最后一程。"

"你能搭把手吗?"博士对辛德说,"我们得把他救出来。"

他三步并作两步跳上台阶,沿着机械平台绕到背后,笨拙地操作起来。他先拔掉了插在伯路萨后脑勺的电缆,一股白色液体瞬间从暴露的接口处涌了出来。

"需要我做什么?"辛德问,"解开绳子吗?"绑住伯路萨双脚的绳子陷进了肉里,长期的摩擦让他的脚踝红肿、溃烂。

"等一下!"博士着急地喊道,不小心把头磕在了机械平台上。看见辛德还没开始行动,他立刻松了口气,"先别解开,我担心他现在根本站不起来。你把平台从金属架上拆下来就行。"

辛德点了点头,蹲下来端详金属架的下半部分,它的构造极其简陋,就像是有人在"逆向转变"大功告成后,只花一分钟草草搭了个架子。

博士拔掉最后一根电缆,断开母体连接,伯路萨发出痛苦的呻吟。

"在这儿!"辛德冲博士喊道,"我知道该拧哪颗螺栓了,不过还得用一下你的音速嘀嘀器。"

"什么东西?"博士绕到了她身边。

"哎呀,你知道我的意思。拧开下面那颗。"她指着第一颗螺栓说。

"好。"博士说,"你去扶稳机械平台。"

辛德站在那里,正愁怎么才能扶稳平台,三个间质族立刻走了上来,一人扶住一角。博士按下音速起子的按钮,螺栓逐渐松动了。

片刻之后,机械平台从金属架上分离出来。三个间质族小心翼翼地把平台举过头顶,慢慢走下台阶。辛德俯视着伯路萨的脸,感觉那双眼睛仿佛能看穿自己的灵魂。

"好了。"博士说,"趁拉瑟隆还没发现他心爱的玩具被人盗走了,我们得赶紧回到塔迪斯里。"他跳下台阶,收好音速起子。辛德扶住博士伸过来的手,也跳了下去。

"你能不能去问问伯路萨,我们还会碰到其他野兽吗?"辛德朝他点了点头,"要是会的话,就算拉瑟隆来了我也不走。"

博士笑了笑,向门口走去。

"我没开玩笑,博士!"她跟在后面喊道,"博士?!"

三个间质族如同抬着国王一般向前行进,伯路萨一动不动地躺在平台上,辛德和博士则跟在最后面,默默地注视着他们。

众人在狂风肆虐的荒原上跋涉了近一个小时。辛德提心吊胆地走在路上,害怕遇上之前见到的野兽或者其他食肉动物。

间质族仿佛凭直觉就知道路线似的,顺利地带领他们来到悬崖边。在夕阳的余晖下,几十盏灯从底下一直延伸到悬崖顶端。

"那些是什么东西？"辛德问。

博士会心一笑，"待会儿你就知道了。"

等他们走近后，辛德惊讶地发现那一盏盏"灯"竟然全是间质族。他们排成奇怪的队列，指引着通往塔迪斯的道路。之前看到的灯光其实是间质族的身体发出的柔光。辛德本想数一数总共有多少人，但意识到这么做实在太蠢了，便没有继续下去。

"这些人是来为我们送行的。"博士说，"为我们指引方向。"

"居然有这么多人！"辛德感叹道。突然，她意识到一个问题，"为什么他们发出的亮光不会引来野兽？"

"因为他们可以预见未来。"博士回答道。

"哦，你说得有道理。"她说。

走在最前面的间质族一边慢慢爬坡，一边高高地举起机械平台，让在场的所有人都能看到伯路萨。当博士一行人经过时，两侧的间质族都低下头以示敬意。

辛德有些难为情，不知道自己该做何反应。既然没人指导，她只好学着博士的动作低头凝视地面，慢慢地跟在众人身后。

来到悬崖顶端后，三个间质族站在塔迪斯旁边，等待博士开门。博士回头匆匆瞥了辛德一眼，然后领着他们走了进去。辛德踏进塔迪斯，顿时感到心情舒畅。她终于可以离开死区了。

20

辛德不安地盯着伯路萨。

博士指挥间质族将机械平台立在主控室的两根柱子之间，然后不知从哪儿拽出两根电缆，将平台固定起来。伯路萨耷拉着脑袋，眼睛仍然闪烁着蓝色的光芒。辛德暗自希望这么做不会造成什么影响。

间质族在安置好伯路萨之后便离开了，似乎并不打算跟博士一起上路。辛德猜测他们已经预知了事情的结局，所以不准备牵涉其中。这个念头让她有些不安。

博士刚把塔迪斯停在临时轨道边，就赶紧抽出控制台底下的电缆，把它接在机械平台的底座上。他叼着音速起子，摆出一副专心致志的样子，浏览着显示屏上的数据。

留意到辛德的目光后，博士把起子从嘴里拿出来，说："马上就好。"

"你是指你自己还是伯路萨？"她问道。

博士淡淡地笑了笑，"我俩都是。"

自从他们离开死区，博士就表现得怪怪的。一开始，辛德以为博士在为一触即发的硬仗做准备，所以有些忧心忡忡。可是，似乎还有别的事情困扰着他。

博士总是在偷看辛德，神色凝重，好像还有些害怕，跟他在墨多斯上第一次见到她时的表情如出一辙。辛德百思不得其解，不知道自己做了什么令博士烦扰的事情。

博士故意装作很忙的样子，无暇听辛德说话，摆明了不想告诉她接下来的计划。他绕着控制台反复检查电缆，又悄悄地对伯路萨说了几句话，但后者没有任何反应。接着，伴随着一阵嘶鸣，博士驾驶塔迪斯飞出了时间旋涡。

原本跟墙壁一样灰扑扑的天花板突然变得透明，露出了广阔的太空。辛德抓着栏杆抬起头，看见了熟悉的坦塔罗斯螺旋星系。一颗颗星球呈螺旋状环绕着中间的诡眼。不远处，戴立克碟形战舰在太空中来回穿梭，就像工蜂一样。

"我们接下来作何打算？"辛德问。塔迪斯目前处在螺旋星系的边缘，与诡眼之间隔着数千艘戴立克战舰。别说飞进去了，连靠近都很难。

博士关闭了控制面板上的开关，主控室的灯渐渐变暗，塔迪斯熄火了。"我们只能投降。"他疲惫地说。他们静静地站在昏暗中，周围只剩下战争引擎发出的怪异微光。

"投降？"辛德实在不敢相信自己听到的回答，"那我们之前的努力不都白费了？你之所以切断电源，难道是为了让戴立克来抓我们？"她抬起头，看见诡眼警惕地俯视着自己。无数艘戴立克战舰盘旋在螺旋星系上方，肯定已经注意到了塔迪斯。要不了多久，它们就会围过来了。

"没错，这就是我的计划。"博士背过身，打算无视辛德。

"不，你不能这样做！我们已经付出了那么多努力，如果现在不阻止戴立克，它们将毁灭一切，杀光你的族人——"

"我的族人？！"博士怒吼着打断她，"我的族人不也盘算着对你们人类痛下杀手吗？我甚至不确定他们到底值不值得被拯救！"

"他们虽然有错，但依然值得被你拯救。"辛德冷静地说，"你肯定也是这么想的，不然我们来这里是为了什么呢？"

塔迪斯突然颠簸了一下，灯光忽明忽暗，中央玻璃柱开始上下起伏。

博士摇摇头，"别这样，老姑娘。我们没别的办法了，必须这么做。"他一脸痛苦地再次关闭控制面板上的开关。

塔迪斯再次晃动起来，引擎发出了呼哧声。一阵钟声回荡在飞船内部，预示着即将到来的灾难，如同节拍器一般没完没了地打着拍子。辛德思绪混乱，忍不住用双手捂住了耳朵。

"塔迪斯知道你的打算，所以想阻止你，对不对？"辛德说，"你为什么不听——"

博士转过身，不屑地冲辛德挥了挥手。"哦，出去！"他烦躁地喊道，"赶紧出去！"

辛德被博士的激动情绪吓得后退一步，不小心撞上了身后的栏杆。她抓紧栏杆，努力让自己镇定下来，质问道："那你为什么还让我跟过来？如果你这么喜欢一个人待着，为什么要把我带在身边？"

"为了提醒我自己不该成为怎样的人。"博士说。

"我能理解你的心情。我们在死区的所见所闻让你感到愤怒，你担心救了时间领主反而会酿成恶果。"

博士摇了摇头，难过地说："我担心的不是这个。"说完，他垂头丧气地转过身，仿佛肩上扛着沉甸甸的重担。

"你是在担心我吗？"她问，"担心我把事情搞砸，最终害死大家？"

博士叹了口气，"不是，辛德，我是担心自己保护不了你。我已经失去了很多朋友，如果……"他抬起头哽咽地说，"如果再失去你，我真的不知道该如何面对自己。"

辛德走到他面前，"还记得我在墨多斯上说过的话吗？是我自己决定要跟着你的。无论结果如何，我们都要一起面对。我想和你一起痛击戴立克，所以，休想现在让我离开。"

"好吧。"博士最终妥协了。

"你刚才说的'投降'是怎么回事？"

"只要塔迪斯一露面,戴立克一定会主动出击,把我们抓去诡眼中心。要知道,我跟它们算是老相识了。"他说。

辛德皱起了眉头,"听上去可不像什么好计划——"

"掠夺者!"刺耳的声音突然响彻主控室。

辛德立刻僵住,后颈的汗毛都竖了起来。恶魔般的声音让她备受折磨。

她赶紧转身,害怕看见戴立克被传送进塔迪斯,又害怕自己被死亡射线击中,遭受灼肤蚀骨之痛。可是,什么也没有发生。声音是从塔迪斯的通信器里传出来的。

博士后退两步,迟疑地离开了控制台。塔迪斯知道时机已过,只能束手就擒。中央玻璃柱发出一声叹息,慢慢地停止运转,穿云裂石的钟声也安静下来。

"我在这里。"博士回答道。他的声音低沉沙哑,带着亘古的沉重和庄严。

"博——士——"戴立克说,"你是戴立克杀手、灾祸之源、死神化身、死刑执掌者。"辛德看向博士,观察着他的反应。只见博士面无表情,下颌紧绷。"博士,这些都是戴立克授予你的称号,不知你对此是否感到骄傲?不知你是否陶醉于敌人的死亡?"

这个戴立克跟辛德接触过的其他戴立克完全不同。尽管声音同样刺耳,但它却拥有智慧,甚至还包含一丝敬意。

"我从不为敌人的死亡而陶醉。"博士说,"跟你们不同,生命在我眼中高于一切。毕竟,我不是戴立克。"

"但你一直在杀戮我的同族。请允许我再重申一次,博士,戴立克同样珍视生命。"

博士苦笑道:"你们只珍视自己同族的生命。你们如同寄生虫一般,依靠万物的尸体维生,只知道行毁灭和消耗之事。"

"戴立克是宇宙中至高无上的存在。"它说,"其他生命无足轻重。"

"哎,"博士感叹道,"这才是我认识的戴立克。你终于说出了自己的真实想法。"

"博士,戴立克仰慕你,敬重你。你拥有无上的荣耀,因为你的出现必会激起戴立克内心的恐惧,令整个种族为之颤抖。我很乐意与你见面,向你学习。"

博士听完戴立克可怕的恭维,厌恶地皱起了眉头。

辛德紧张地咽了口唾沫,想让博士赶紧把通信器关掉。她再也不想听见恶魔的声音了。现在,她只想让博士带自己远走高飞,去到没有戴立克、时间领主和战争的地方。

但她知道自己不能这么做。博士说得对,他们别无选择。无论希望有多渺茫,他们都要放手一搏,利用战争引擎彻底打败这群恶魔。

"我来这儿是为了跟你们赌一把。"博士说。

"我们从不打赌。"那个戴立克回答道,"我们从不谈判,也从不讨价还价。"

"确实。"博士说,"我本来也没指望你们会答应我。"

辛德不禁担忧起来,难道博士判断失误了?他们是不是陷入危机中了?只怕还没等他启动塔迪斯,博士就会被戴立克消灭。他下的赌注太大了。

"掠夺者,你将受到永恒圈的接见,拥有与我们交谈的机会。"戴立克说,"然后,我们愿意亲眼看到你被消灭!"

"真是仁慈啊!"博士瞥了辛德一眼,露出"我是不是料事如神"的得意表情。她没忍住地冲他吐了吐舌头。

塔迪斯突然晃动起来,辛德赶紧扶稳栏杆,重心全部压在前脚掌上。博士抓住控制台上的操纵杆,勉强站稳了脚跟,然后目不转睛地盯着天花板。

"怎么回事?"辛德顺着博士的目光看过去,发现有十余艘戴立克战舰环绕四周。离他们最近的一艘飞船射出闪烁的蓝光,将塔迪斯圈在中间,牵引着它缓缓驶向诡眼中心。

"你猜它们会把我们带到哪儿去?"辛德问。尽管主控室里没有麦克风,但她还是降低了音量,担心戴立克会偷听他们的谈话。

博士按下控制面板上的一个按钮,然后开了口:"诡眼附近有一座戴立克指挥站。"他说,"永恒圈就在那里。它们会把我们带去那儿。"他抬起头,指了指诡眼附近的一个小黑点。

"永恒圈?"辛德说,"我以为戴立克只听从它们皇帝的命令。"

"为了赢得时间大战,戴立克皇帝建立了永恒圈。"博士解释道,"据我所知,永恒圈由一批精英戴立克组成,除了制造新型武器,还负责调配所有时间线上的兵力。"

辛德耸耸肩,"听上去跟时间领主的至高议会差不多。"

博士做了个鬼脸,"没错。我觉得你说得有道理。"

辛德看向伯路萨,无法把他当作一个活生生的人来看待,心里难受极了。每当她盯着那张不断变化的脸时,都会不由自主地陷进去。那双闪着蓝光的眼睛仿佛洞悉一切,隔着老远就能一眼看穿她。辛德想知道他能不能看见她的未来,能不能预知他们此行是否可以生还。

这时,一个念头冒了出来。"等一下!"她说,"你是不是早就知道戴立克会抓走我们?因为它们抵挡不住见证你死亡的诱惑。"

博士笑道:"没错,不过我可没咨询伯路萨。"

在辛德的想象中,戴立克指挥站是一座排列整齐的卫星城,但实际上,这里更像是飘浮在太空中的巨型城市。穹顶建筑群坐落于高耸的尖塔之间,在诡眼的映照下散发出古铜色的光泽。

辛德猜测，这些建筑大概是由戴立克外壳那种金属材料建造而成的。指挥站的周围环绕着成百上千艘碟形战舰和隐形战舰，就像是蜂后身边尽职尽责的工蜂。

随着塔迪斯离诡眼越来越近，辛德可以清楚地看到那条巨大的能量裂缝。时空仿佛被撕开了一道口子，散发着红宝石般的光芒。

现在，她终于知道为什么时空异常体被叫作"诡眼"了。能量核心如同一颗瞳仁，周围的发光气体则形成了变化万千的虹膜。在这片广阔的区域内，时间肆意地流动着——或加速，或减速，或倒流——所有物理定律都无法解释这里的现象。

在辛德面前，有的恒星突然爆发出强大的生命力，然后转眼膨胀、死去；有的恒星在燃烧、坍缩后重获新生。辛德不禁好奇，曾经进入诡眼的探险家们到底发生了什么。如果博士的计划成功了，他们的结局又会如何？塔迪斯能带他们离开这里吗？

然而，等辛德看到那件巨大的武器后，便把所有思绪抛到了脑后。她紧张地咽了口唾沫，不知该怎样描述眼前的景象。武器是由三颗卫星组成的——网格状支柱将每颗卫星连在一起，两两之间隔着发光的金属圆盘——在武器的最前方，三根支柱的顶端合成一点，组成了一个巨大的尖端。辛德猜测，能量波将从这里发射出去；在武器的末端竖着两根天线，正在汲取来自诡眼的红宝石般的光芒，似乎是在积蓄能量。

这是一项史诗般的庞大工程,也是辛德有生以来见过的最可怕、最震惊的东西。戴立克将用这件武器摧毁迦里弗莱,以及其他阻碍它们实现野心的星球,最终赢得时间大战,统治整个宇宙。

直到此刻,辛德才意识到武器造成的威胁有多严重,难怪拉瑟隆和至高议会都如此不安。她和博士来此处的目的就是让那件武器哑火,可是,成千上万个戴立克在此守卫,像蚂蚁一样爬满它的表面。更棘手的是,武器似乎已经蓄势待发。

辛德从控制台边后退一步,移开了目光。自从博士切断通信后,戴立克的声音便没有响起过。可就在这时,指挥站的广播突然传进来,吓了辛德一跳。

"报告情况!"一个戴立克命令道。

"目标已锁定。"另一个刺耳的声音传了出来。

"继续前进。"下达命令的戴立克回应道,简直惜字如金。

当塔迪斯逐渐靠近指挥站后,辛德不禁感叹这座建筑的宏伟规模。在螺旋星系内,戴立克的整体数量少说也有十亿。刨除墨多斯上的那一部分,一定还有很多戴立克分散到了各个星球上。不过,辛德看到的只是这个时间点的这片区域,不知道还有多少戴立克游荡在宇宙的其他地方。

一想到整个宇宙挤满了戴立克,辛德便乱了方寸。她想,她和博士是不是太天真了?或许,他们真的不应该阻止时间领主部署"伊莎之泪"。如果整个人类的性命能换回宇宙的安宁,这也未尝不是笔划算的交易。

博士好像看穿了她的小心思,感受到了逐渐蔓延的恐惧。他特意走到辛德身边,镇定地说:"没事的。只要待在我身边,你一定会平安无事的。"

辛德本想问问博士为何如此笃定,但还没等她张口,博士就已经走去观察前方的情况了。他们的视野完全被指挥站占据,周围的戴立克战舰逐渐离开,旋转着飞入虚空。显然,戴立克认为博士已经沦为阶下囚,只能任凭它们摆布。不知怎的,辛德总觉得真实情况恰恰相反。

塔迪斯像钟摆一样摇摇晃晃地穿过开阔的着陆区,进入指挥站的腹地。牵引光束松开塔迪斯,将它扔在着陆平台上。辛德还没来得及看清里面的情况,就遭受了一阵猛烈的撞击。若不是一旁的博士及时扶住她,辛德恐怕要一头扎在控制台上了。她惊魂未定地对博士表示感谢,过了好一会儿才稳住自己。

"所以,"她拨开额前的头发说,"我们就这样大摇大摆地走出去,投入戴立克的怀抱?"

"差不多。"博士心不在焉地说。他回到控制台边,拨弄起了仪表盘和开关。

辛德愣愣地看着他,"我是说……我只是开个玩笑。"她小声嘟囔道,"你不会真打算这么做吧?"

博士看了她一眼，双手仍然一刻不停地摆弄着控制面板。"万一我们需要逃跑，"他拉下操纵杆，"最好把驻车制动关掉。"

"没必要吧？"辛德戏谑地说，"我们正赶着被戴立克消灭呢，关不关掉又有什么区别？"

博士摇摇头，"你总是喜欢夸大其词。走吧，记得把外套捡起来。"

辛德气恼地嘟哝了几句，但还是听博士的话捡起了外套。自从逃出迦里弗莱后，她就把破损的外套扔在了地上。"真不敢相信我们要这么做。"辛德穿好外套抬起头，发现博士并不在跟前。她转过身，恰好看见他从楼梯上走下来。辛德不由地皱起了眉头，博士是什么时候离开的？

"现在后悔已经来不及了。"说完，他自信地走向门口，推开门，迎接戴立克指挥站的刺眼灯光。

"你们好！"博士说，"我要说什么来着？哦，对了，带我去见你们的头儿。"

辛德沉重地叹了口气，跟在博士后面冲了出去。

21

博士和辛德走在寂静空荡的走廊上，身后跟着一群举起枪杆的戴立克。指挥站的装潢与墨多斯上的戴立克战舰类似，墙壁上不停地闪烁着炫目的光芒。

这里的构造犹如异世迷宫一般，走廊四通八达，房间大门紧闭——里面要么是舱室，要么是牢房。押送他们的戴立克在路上遇到同族时，只是静默地从一旁经过，从不互相问候，如同修道院里的僧侣一般冷峻。辛德没有发现任何变种，只看到了古铜色外壳的普通戴立克。

走了一段路程后，他们在一扇巨型拱门前停了下来。"止步！"其中一个戴立克用刺耳的嗓音喊道，然后穿过拱门进入大厅。

辛德被众多戴立克挡住视线，只好打量起了左右两侧：这里的墙壁和地板材质差不多，用的都是光滑的白色金属板。

几分钟后，那个戴立克走了出来，"继续前进。"

"难得见戴立克如此健谈。"辛德小声地嘀咕道。

自从他们踏入指挥站后,博士就没有说过一句话。直到听见辛德的声音,他才开口道:"好吧,让我们见识一下对手的真面目。"他紧张地摸了摸胡须,揪起了末端的一小撮。

突然,辛德发出一声惊恐的呼喊。一个戴立克将吸盘臂抵在她的背上,示意她继续往前走。"好,好,好。"辛德说,"我这不是在走吗?"

博士瞪了戴立克一眼,一把抓住辛德的胳膊,把她拉到自己身边。他们肩并肩走进大厅,准备共同面对永恒圈。

这是一间六边形的谒见厅,两条走廊与之相连。除入口外,每一边都设有基座,每个基座之间各有一个阴暗的壁龛。五个戴立克站在高高的基座上,傲慢地俯视着博士和辛德。

它们的大小和形状与普通戴立克差不多,都配备着枪杆和吸盘臂,目镜露出凶光,眼柄下方的标签用来区分身份,但外壳的颜色有所不同。它们的外壳呈深邃的蓝色,半球形传感器和圆顶则涂成了银色。辛德推测,这种独特的颜色可能是它们身份的象征。

"欢迎博士大驾光临!"正对入口的戴立克说。

"这就是所谓的永恒圈吗?"博士嘲笑道,"严格意义上讲,你们根本没有围成一个圈啊。"说完,他用手指在空中比画了一下。永恒圈没有回应,只是静静地看着他。

辛德注意到，押送他们的戴立克守卫默默退到了入口两侧的阴影中，仿佛置身事外。

"所以，你们就是幕后主使？"博士说，"我得承认，利用坦塔罗斯诡眼能量的办法很有新意。"

"只有利用这种能量，我们才能创造出配得上戴立克的时间武器。"正对入口的戴立克回答道。辛德猜测，它可能是永恒圈的头儿。

"你们就只有这点能耐吗？"博士说，"难道你们只会站在基座上，摆出一副不可一世的样子，想出各种手段来折磨宇宙中的其他生命吗？"

"想不到，我们的计划居然被你看穿了。"那个戴立克说，语气中居然带着一丝讽刺，"永恒圈负责确保戴立克在所有时间线上都能生存下去。为了保护种族的未来，消灭其他所有生命，我们入侵了过去的时间线。"

这个令人不安、充满智慧的回答提醒了辛德，它就是那个用塔迪斯的通信器与他们对话的戴立克。看来，外壳的颜色并不是区分它们的唯一标志。

"活在仇恨里的生物，"博士生气地啐了一口，"真让人恶心！"

"你的愤怒无比纯粹、强烈，是世间难得一见的瑰宝。正如我们预想的那样，你值得我们尊敬，博——士——"戴立克发出钦佩的声音。

"尊敬？"博士质问道，"值得尊敬的下场就是惨遭消灭吗？照你这么说，只要是个活物就能得到你们的'尊敬'。"

那个戴立克发出怪异的抽噎声，仿佛喘不过气来了。过了一会儿，辛德才反应过来，它是在咯咯地笑。真是令人反胃。

"想不到你们竟然如此执迷不悟。"博士的指尖一一扫过永恒圈，"你们只知道躲在这里密谋筹划，制造出能够摧毁迦里弗莱的时间武器。"

"这不过是冰山一角，戴立克还有更大的野心。"它停顿了一下，似乎在斟酌语言，"博士，你将成为我们的救星，确保戴立克种族万世无虞。"

博士眯起了眼睛。"休想！"他说，"我真后悔没有一开始就阻止你们。同样的错误我不会再犯第二次。"

"从那时起，时间大战就开始了。"戴立克说，"博士，你给我们上了最宝贵的一课：在通往胜利的道路上，情感和仁慈都是必须被消除的缺点。"

"那不是缺点，"博士说，"而是优点。"

"要不是因为你犹豫不决，没有完成自己的任务，"它嘲讽道，"戴立克根本不会诞生，哪儿会有什么时间大战？"

"它说的都是真的？"辛德震惊地问道，"你原本有机会阻止戴立克的诞生，结果却让它们活了下来？"

"快告诉你的同伴你是怎么失败的。"

"它说的都是真的。"博士低下了头,"那个时候,我本可以将戴立克扼杀在摇篮中,但我犹豫了,以为它们不会变成冥顽不灵的种族。"他叹了口气,"然而,我错了。等我意识到自己酿成大错之后,一切已经来不及了。"

辛德一时间不知道该说什么。她想到了死去的家人、朋友,以及宇宙中的亿万生命。戴立克的生死存亡曾掌握在博士的手中,他本可以避免所有无辜生命的死亡。不过话说回来,如此沉重的担子不应该落在博士一个人身上。那时的他无法预见戴立克会发展出如此可怕的能力。所以,这件事不怪他。"这不是你的错。"辛德平静地说,"人的天性本来就是仁慈的。"这是她能想到的最好的赞美。博士听完,对她报以赞赏的微笑。

"博士,既然话已经说开了,"戴立克说,"你不妨接受我们的恩赐,在戴立克帝国中分得一席之地。你将成为我们消灭其他种族的绝佳武器,你的怒火将带领戴立克征服整个宇宙;你将留下一段令人赞叹的佳话,永垂戴立克的史册。"说完,它静静地等待博士的回应。

"你不如直接杀了我。"博士坚定地拒绝道。

"我们将消除你的情感,抹去你的记忆,"戴立克说,"但我们会保留你的大脑,用你的聪明才智帮助戴立克成就伟业。"

"你难道还不明白吗?"博士苦笑道,"拥有情感的我才是完整的。一旦失去情感,我就跟你们这些可悲的寄生虫没什么两样了。"

"博士,让我们拭目以待。"戴立克向右转动眼柄,"是时候了。启动程序。"

"我服从!"一个刺耳的声音不知从何处传了过来。谒见厅的其中一个壁龛发出响动,一个巨型戴立克从阴影中显现出来。

"博士,请看——掠夺者。"

辛德惊恐地看着眼前的戴立克。它的体型有普通戴立克的两倍那么大,朱红色的外壳上镶嵌着黑色的半球形传感器。虽然这只是个躯壳,但辛德还是不寒而栗。看来,这是一场蓄谋已久的会面,博士在不知不觉间落入了它们的圈套。

"这才是我们真正的法宝,博士。"站在基座上的戴立克说,"坦塔罗斯诡眼不过是转移时间领主视线的障眼法。作为我们的先驱,掠夺者将拉开戴立克时代的序幕,助我们赢得战争。"

与此同时,掠夺者的外壳自动打开,露出了空空如也的腔室。这里面酷似小型轿车的驾驶舱,配备着打磨光亮的金属座椅,四周环绕着仪表盘和显示屏。不过,不同于戴立克变种的内部构造,掠夺者是为人形生物量身打造的。

一根锋利的金属探针固定在座椅的头部,闪烁着一丝微光。想必,这就是戴立克的神经接口。届时,探针将插进操纵者的头骨下方。骇人的针头遍布外壳内侧，等待嵌进操纵者的肉体之中。一旦被封进这具"棺材"里，人根本无法逃脱，最终只能与外壳融合成单一的共生体。

"博士，这就是你的归宿。"正对入口的戴立克说。

三名戴立克守卫悄悄上前，围住了辛德和博士，以防他们逃跑。

"博士？"辛德立刻慌了起来。

永恒圈的真正意图令博士始料未及。从他看向自己的眼神中，辛德见到了一丝恐惧。掠夺者的外壳大敞着，正在等待寄主的到来，丝毫不留任何转圜的余地。

"来吧！"博士狂躁地环顾四周，大喊大叫，"动手吧！"

"别反抗，博士。"戴立克说。

"辛德……我……"博士看向同伴，不知道该说些什么。

"你的同伴享有特权。她将成为第一个被掠夺者消灭的人类。"

戴立克守卫渐渐收拢包围圈，举起了屠刀般的枪杆。辛德想发出尖叫。她无比希望自己手里握着能量枪，或者随便什么武器，可现实是她毫无还手之力。博士已落入圈套，他们无处可逃。

辛德猛地冲向博士，一把抓住他皮夹克上的翻领。博士将她搂入怀中，亲吻她的额头。"对不起，辛德。"他说。

"博士，时间到了！"戴立克嘶吼道。

突然，远处传来一阵雷鸣般的声响。起初，辛德以为戴立克启动了掠夺者。但随着声音响彻谒见厅，她听见了耳熟的呼哧哀鸣。

"解释！"戴立克怒吼道，"解释！"

辛德感觉博士将她搂得更紧了。"抱紧了！"他说。

"不！"戴立克大声喊道。

辛德看见自己周围的环境发生了变化：白色金属板消失了，取而代之的是闪闪发光的圆盘装饰。

"消灭！"虽然戴立克的声音模糊不清，但开枪的响动还是吓得辛德蜷缩成一团。

然而，不可思议的是，能量束并未伤她分毫。塔迪斯将博士和辛德安全地围在中央，将他们从戴立克的魔爪中解救了出来。

22

辛德诧异地环顾四周,简直不敢相信自己的眼睛。她拍了拍胸口,想确认这一切并不是什么稀奇古怪的梦境,而是真实存在的现实。上一秒,她已经做好了被戴立克消灭的准备;下一秒,她竟然好端端地站在塔迪斯里面。

辛德从自己站的位置望过去,勉强能看清显示屏上的画面。戴立克正在大厅里转来转去,不用猜也知道它们在怒气冲冲地下达命令,想查明博士到底动了什么手脚。

当意识到控制台边还站着一个陌生男人时,辛德顿时吓了一跳。那人皮肤黝黑,肌肉健硕,一头短发,深邃的蓝色眸子令人心惊。他穿着极不合身的时间领主长袍,上面浸满了深色的血渍。

"这……这是怎么回事?"她慌张地看向博士。

"这是卡拉克斯。"博士回答道。

那个男人没有说话,只是报以冷笑。

辛德知道时间领主在重生后会改变容貌,但她还是难以接受如此惊人的变化。不知道卡拉克斯的良知会不会也跟着焕然一新了？

"这么说，是你救了我们？"她目瞪口呆地盯着他。

"要不是没得选，我才不会救你们。"卡拉克斯的回答立即打消了辛德刚才的念头。

"在我们离开塔迪斯之前，我把零号房间的门锁打开了。"博士解释道，"我太了解卡拉克斯了，他绝不会放过任何一个逃跑的机会。所以，我用追踪装置——他安装在你身上的那个——设定了飞行航线。一旦他发动飞船……"

"塔迪斯就会飞到我们身边。"辛德接着说。

"是时候结束这一切了。"博士说，"我们把伯路萨带去诡眼吧。"

正当博士准备上前的时候，卡拉克斯从控制台后面走了出来，手里攥着一把枪。"我不会让你得逞的，博士。"

博士垂下肩膀，看起来十分丧气。他似乎对卡拉克斯仍然抱有期待，不希望事情发展成现在这样。

"博士救了你的命，卡拉克斯！"辛德说，"他本可以把你留在虚空中等死，但还是把你救出来了。"

"愚蠢懦弱的老头儿。这么多年了，你从来不懂得利用战术上的优势，真是一点长进也没有。"卡拉克斯说。

"你先把枪放下。"博士试着跟他讲道理，"我已经找到了阻止戴立克的办法。等解决那个麻烦，我们再来算账，好吗？"

卡拉克斯摇摇头，"你可是背叛了时间领主种族的通缉犯。你说的话一个字都不能相信。"

不知是受重生后遗症的影响，还是因为终于等到报复博士的机会，卡拉克斯表现得很不正常。他声音颤抖，眼神飘忽，额头上挂着豆大的汗珠。种种迹象表明，卡拉克斯已经癫狂了。辛德担心他会做出什么危险的举动。

"你这么做是为了取悦你的总统大人，是吗？"博士嘲讽道，"希望他可以拍拍你的头，表扬你做得真棒？告诉你一个秘密，卡拉克斯，拉瑟隆根本不在乎！你不过是还有几分利用价值罢了。等你一死，他二话不说就会找人顶替你的位置。没准儿现在你已经被撤换了。"

"闭嘴！"卡拉克斯痛苦地大喊道。

博士动了动食指，摆出一副训斥的架势，"就算你完成任务把我杀了，又有什么意义呢？戴立克马上就要对迦里弗莱动手了，难道拉瑟隆会感谢你帮助它们吗？"

辛德注意到，卡拉克斯已经彻底丧失了理智，扣在扳机上的手指开始抽搐起来。博士原本想动摇他的决心，但效果似乎不佳。

"我不想再和你打嘴仗了！"卡拉克斯挥舞着枪说。

"很好，"博士说，"那我就开始办正事了。"说完，他朝控制台走近一步。

电光火石间,辛德看到卡拉克斯扣动扳机,眼神中迸发出仇恨的怒火。"不要!"她惊呼着扑向博士。

辛德被能量束击中胸口,重重地摔在了地板上。她翻身平躺,慌忙用双手按住伤口,忍受着灼烧带来的阵痛。但无论她怎样努力,一股股温热的鲜血还是从指缝间涌了出来。她将身体蜷缩成一团,每一次喘息都痛苦极了。

博士慌忙起身,跪着挪动到辛德身边,让她的头枕到自己的腿上。"辛德!辛德!坚持住!没事的,你一定会没事的。"

辛德本想说些什么,但刚一张嘴,鲜血就从口中涌了出来。尽管疼痛折磨着她的心志,但她仍然咬紧牙关,强迫自己保持清醒,努力抵挡逐渐漫上眼帘的黑暗。

她听见卡拉克斯发出狂笑,看见他站在博士身后,手指轻轻地勾着扳机。"天哪,博士!你的宠物好像受伤了。你总是喜欢对人类投入过多的感情。"

博士怒不可遏地低吼起来,吓得卡拉克斯往后退了一步。他恍惚了片刻,而后回过神来,说:"看来,我得继续完成任务了。"他扬起手臂,凝视着手中的枪,似乎痴迷于它的力量。

"你为什么要这么做,卡拉克斯?!"博士低吼道。

"因为这是命令。"卡拉克斯回答道。

博士摇摇头,"这算什么破理由?"

辛德疲惫地睁开眼睛,看见博士正盯着几米开外的控制台。她的呼吸十分微弱,每一次吸气都使她痛苦不堪。辛德感觉生命正一点一滴地从身体里抽离出去。

"对我来说这是个好理由。"卡拉克斯说。

在辛德的脑海中,接下来发生的一幕幕变成了断断续续的凝滞画面。卡拉克斯举起枪瞄准博士,后者猛地向左一扑,伸手去够塔迪斯的控制面板。就在卡拉克斯开枪的瞬间,博士启动了引擎。

中央玻璃柱在呼哧声中发出明亮的光芒。能量束击中控制台,火花四射。博士踉跄着后退,但仍被火花溅到了手背。他立刻痛得咒骂起来。

辛德的意识时有时无,痛感如同迷雾一般慢慢消退,只剩下麻木和寒冷。不知怎的,她觉得卡拉克斯好像从塔迪斯里渐渐消失了。

"不,博士!你不能扔下我!别把我扔给戴立克!"卡拉克斯哀求道,声音格外刺耳。他手里的枪哐当一声落在塔迪斯的地板上。

"你这是咎由自取。"博士说。

直到此时,辛德才意识到究竟发生了什么。博士把卡拉克斯留给了那群愤怒的戴立克,任由他自生自灭。

卡拉克斯向前一步,一脸惊愕,脸上的皮肤逐渐变成半透明状。他张开嘴,却发不出任何声音。他高举双手,惊恐地环顾四周,面向朝自己齐齐开火的戴立克。随着一道道亮光闪过,卡拉克斯露出痛苦的表情,在眨眼间便消失了,仿佛从未存在过。与此同时,塔迪斯趁乱飞进了时间旋涡。

博士一边低声念叨,一边摇摇晃晃地走到辛德面前,跪在她的身边。他拂开她脸上的碎发,"坚持住!我一定会想出办法救你的。"他耳语道,轻柔得仿佛春风拂过树梢一般。

"不。"辛德费劲地挤出一个字,声音沙哑而微弱,需要凑近了才能听到,"来不及了。"

博士低头看着她,"别放弃。"他的胡须抽动起来,"你千万别放弃!"他神色焦急,眼眶里噙着泪水。

"洞穴里的那幅壁画……"她的呼吸变得急促起来。

博士摇摇头,"不,那只代表万千可能性中的一种……"他停下来,不想再重复那些善意的谎言,"别乱动,"他抚摸着她的脸颊,"这样就不疼了。"

"你曾说过我只会碍事。"她勉强挤出一个微笑。

"哦,辛德!你一点儿也不碍事,你表现得太出色了。"博士攥紧她的手,"谢谢你。"他扭过头,片刻后又重新对上她的目光,"你为什么要这么做?为什么这么伟大?"

辛德耸了耸肩,立刻发现这个动作太疼了。"用我一个人的性命换回亿万人的生机,"她重复了一遍博士之前说过的话,

"这买卖不亏。"

辛德突然咳嗽起来,嘴角溢出了鲜血。她闭上眼睛,感觉身体很疲惫。博士的抚摸真舒服,不如睡一会儿吧……

等再次睁开眼睛时,辛德发现自己回到了墨多斯上,回到了六岁那一年。她正在家门口的花园里嬉戏,哥哥在一旁荡着秋千,他越荡越高,兴奋得叫个不停。透过厨房的窗户,她看见父母正在做饭。

温暖的阳光洒在脸上,令人感到安心。辛德有生以来第一次感受到了幸福。

23

博士的痛苦与愤怒交织在一起,最终化为一声哀号。

辛德的脸上已经看不出任何生命的迹象。博士轻柔地把她放平,将她的双臂交叠在胸前。辛德安详地闭着双眼,仿佛只是睡着了似的。

博士起身冲到控制台边,泪水模糊了视线,但他倔强地不肯让眼泪流下来。

"博士?"伯路萨呼唤着他,声音干涩而沙哑。

他没有理会,一心只顾着设定新航线。

"博士!"伯路萨再次呼唤道,"你该行动了。"

"你以为我不知道吗?"博士厉声说,"你是怕我忘记自己该做什么吗?"他的手指飞快地操作着控制面板,显示屏上的画面从谒见厅变成了时间旋涡。

博士凝眸回望同伴的尸体,不愿就这样放弃。也许,一切还来得及。说不定伯路萨能救活辛德。

塔迪斯按照博士设定的航线,一头扎进坦塔罗斯诡眼之中。

飞船外壳被时序风暴无情地蹂躏着,遭受到了极大的考验。钟声再度响起,博士不得不抓紧控制台。塔迪斯的引擎震颤起来,发出尖锐刺耳的声音以示抗议。

突然,控制台迸裂出无数火花,燃烧的"萤火虫"溅落到博士身上,在皮夹克上留下一个个烧穿的小洞。但他毫不在意,只是抓紧控制台以抵挡颠簸。电缆的一端从天花板上脱落,长长的缆线像丛林的藤蔓一样来回摇摆。圆盘装饰发生爆炸,火舌贪婪地舔舐着碎裂的墙体。

博士十分清楚,塔迪斯快坚持不住了。风暴无比剧烈,足以撕开船体,最终连渣都不剩。然而博士无能为力,因为这是拯救辛德的唯一方法。

博士无法忍受这样的惨剧一再上演。他本应该是承担起保护重任的那个人,可辛德为了保护他,竟然死在了自己的眼皮子底下。不,他不能就这样失去她。

博士把目光移向主控室远处的伯路萨。正如他所预料的那样,伯路萨开始吸收时序辐射的能量,眼睛烧得像炭火一样红。他的重生周期更迭得越来越快,就连身体也由内而外地散发出强烈的光芒。随着塔迪斯加速向能量裂缝的深处飞去,伯路萨的变化也越来越明显。

博士摇摇晃晃地绕过控制台,在颠簸的飞船里艰难前行。他来到伯路萨面前,双手扶住两侧的柱子。"你看见了吗?"他用盖过爆炸声的音量喊道，"辛德在哪条时间线上还活着？"

伯路萨发出呻吟，似乎连张嘴说话都十分困难。"我看见了。"他的嗓音随着重生而不断切换，说出的每个字都出自不同的声线，整句话交织成了一首不太和谐的大合唱。"我看见了所有的时间线。"伯路萨试着将诡眼的全部能量引入大脑，然而，混乱的时序辐射超出了负荷。他的身体快要支撑不住了。

现在，博士只有一次机会救回辛德。只要伯路萨找到她还活着的那条时间线，就能重新改写历史——卡拉克斯仍会死去，但辛德却活了下来。

这便是战争引擎的真正潜能。伯路萨能够随意挑选时间线，用它构造出新的现实，将宇宙编织成另一方天地。他拥有无比惊人的力量，足以实现任何事情。他是生与死的化身、末世的使者、毁灭的信使。他既可以带回逝去之魂，也可以带走龌龊之人。

从前，博士总是优先满足别人的需求，做别人不愿意做的事，不允许自己表现得自私软弱。但在这紧要关头，他或许可以自私一次，让伯路萨把辛德带回来。这个请求应该不算过分吧？

可是，博士又犹豫起来。辛德之所以献出生命，是为了拯救亿万同胞的性命。他们来这里的目的只有一个：阻止戴立克滥用坦塔罗斯诡眼的能量，终结它们对时间领主以及整个宇宙的威胁。

如果将这唯一的机会挪为私用,那他又比戴立克高尚到哪儿去呢?博士心里明白,他不是掌握生杀大权的那个人。如果辛德在天有灵,她绝不允许博士为了救自己而放弃如此难能可贵的机会。

塔迪斯剧烈地摇晃起来,圆盘装饰再次发生爆炸,碎片和玻璃碴溅得到处都是。博士一个趔趄,向前迈了一步。会聚在伯路萨大脑里的能量越来越多,他愈发痛苦地号叫起来。

没别的选择了,博士必须完成计划,让伯路萨得到解脱。

"伯路萨,是时候了。一旦完成最后一项任务,你就自由了。请你利用诡眼的能量摧毁永恒圈和它们制造的时间武器,将一切痕迹统统抹去,仿佛戴立克不曾在螺旋星系中出现过一样。动手吧。"

伯路萨往后仰头,多重声线一齐发出尖叫。博士知道,这声尖叫将回荡在所有时间线上,也将萦绕在自己的余生中。

时序风暴停滞片刻,而后爆发出巨大的能量,席卷了整个螺旋星系。红宝石般的光芒射向戴立克战舰,所有飞船顷刻间化为乌有。戴立克指挥站里,站在基座上的永恒圈无声无息地消失了,如同恍惚的梦境一般,只留下模糊的记忆。在墨多斯和其他星球上,戴立克巡逻队和变种也难逃厄运,在人类奴隶面前闪烁着消失了。

眨眼间,一切都结束了。

惨遭蹂躏的塔迪斯艰难地飞回墨多斯的轨道。战争引擎发出嘶嘶声，机械平台上已经空无一物。

博士倒在控制台下方的地板上，一时昏迷不醒。距离他一臂之遥的地方，躺着逝去的同伴。

24

博士花了三天时间才找到辛德曾经的家宅。这几天，他辗转于破败不堪的人类营地之间，四处打探有关辛德的消息。搜寻已经尘封十五年的线索并非易事，但不懈的坚持让博士的努力没有白费。

科因竭尽所能地提供了不少线索，博士也从废弃的市政大楼里发现了一份陈旧的档案，剩下的消息则通过路人拼凑了出来。他们虽然对当下的情况有些茫然，但仍感到无比欢欣，很乐意帮助素不相识的人。博士大概被当成了四处漂泊的游子，正在寻找家的方向——这确实是他的真实写照，只不过，他要找的并不是自己的家。

戴立克占领墨多斯的日子里，零星的人类抵抗军艰难地活了下来。如今，人们找到失散的亲友，正成群结队地往城镇回迁。博士欣慰地看到，他们表现得很坚强，个个士气高涨。

有关戴立克的一切痕迹都消失得无影无踪——无论是戴立克战舰还是巡逻队和变种——星球上只留下了一片废墟。由于伯路萨影响了时间线，人们对这场战争充满困惑。他们知道自己度过了一段艰难的岁月，但关于敌人的记忆却很模糊。

博士知道，时间会让他们慢慢想起这段历史。战争留下的恐怖阴霾和惨痛记忆绝对不会真正消散，终有一天会浮出水面。届时，人们将一边缅怀过去，一边重建自己的生活。

终于，博士找到了辛德的家宅。房子已被洗劫一空，没留下什么值钱或有用的东西，只剩一座烧焦的空壳。焦黑的断壁残垣看上去就像参差不齐的腐烂牙根，遍地都是破烂的家具残骸。杂草从龟裂的大地里破土而出，卷曲的藤蔓缠绕在朽烂的门楣、椅子和床头上。

在肃穆的氛围中，博士从戴立克大扫荡后的废墟里找到了辛德父母和哥哥的遗骸。尽管只剩散落一地的白骨和一堆破布，但博士认为辛德理应和她所爱的家人团聚。

博士在那份档案里找到了辛德的真名——那是个动听的名字——并把它刻在了木制的墓碑上。等到自己离世的那一天，博士不知道会不会有人也为他这么做。

博士站在坟墓旁，抬头望向天空。夜幕降临，坦塔罗斯诡眼以洞悉一切的目光凝视着博士。舞动的极光好似浮在水面上的一层油光，混合了各种奇异的色彩。不知怎的，博士仿佛站在了风暴眼之中，能够清晰地看到混乱正在吞没宇宙。他刚才还无比伤感，但现在只剩下一腔怒火。

时间大战拖得太久了，不仅夺走了无数条生命，而且使他的族人变得面目可憎。时间领主铤而走险，不惜付出任何代价来保全自己的性命。他们的傲慢自大和优越感将整个种族一步步逼向了凄凉的境地。他们本该把准则奉为圭臬，却将其弃如敝屣；他们本该引领新生种族走向未来，却将其草草委弃在历史之中。

时间领主对宇宙万物置若罔闻，眼里只剩下与戴立克的战争。为了取得胜利，他们连年征战，造成了毁灭性的灾难。在更多的人卷入战争之前，得有人站出来制止他们。

博士竖起皮夹克的领子，心中暗自向辛德和宇宙万物发誓：从这一刻起，他将不惜一切代价终结时间大战，绝不允许战况再日甚一日。

一只黑鸟落在刚刚被翻开的泥土上，想要啄几口虫子，结果却一无所获。博士看着它飞回了夜幕中。

最后，博士暗下决心，作出了承诺。虽然只有两个字，却重如千金：

"停战。"

致 谢

感谢贾斯廷·理查兹、艾伯特·德佩特里罗以及《神秘博士》制作团队的邀请,让我有机会重返《神秘博士》的世界,为战争博士开启一段全新的冒险之旅。

我还要感谢卡万·斯科特长期以来的支持和鼓励,他的话语鼓舞着我克服了重重困难。

最后,我由衷地感谢我的家人。如果不是她们的耐心和支持,我无法在忙碌的生活中挤出时间来写这本书。我爱你们。